21.12.2019

Sapi... ha

April 2014

Liebe Luna,

alles Gute wünscht dir

Cornelia Funke

Cornelia Franz
Die Flipflop-Bande

Cornelia Franz wurde 1956 in Hamburg geboren. Nach dem Studium der Germanistik und Amerikanistik, vielen abenteuerlichen Reisen sowie diversen Jobs machte sie eine Ausbildung zur Verlagsbuchhändlerin und arbeitete als Lektorin für Reiseführer und Kunstbücher. Seit 1993 schreibt sie sehr erfolgreich Kinder- und Jugendbücher sowie Romane für Erwachsene. Cornelia Franz lebt mit ihrer Familie in Hamburg.
Weitere Titel von Cornelia Franz bei dtv junior: siehe Seite 4

Nina Dulleck, Jahrgang 1975, hat bereits viele Kinderbücher für verschiedene Verlage im In- und Ausland illustriert. Sie lebt mit ihrer Familie in Rheinhessen.

Cornelia Franz

Die Flipflop-Bande

Mit Illustrationen von Nina Dulleck

Deutscher Taschenbuch Verlag

Von Cornelia Franz sind außerdem bei dtv junior und dtv lieferbar:
Piraten im Klassenzimmer!
Das Geheimnis des Roten Ritters
Seeräuber vor Sylt!
Die Kinder vom Drachental
Geheimnisse
Verrat
Ins Nordlicht blicken

Das gesamte lieferbare Programm von dtv junior
und viele andere Informationen finden sich unter
www.dtvjunior.de

MIX
Papier aus verantwortungsvollen Quellen
FSC® C019821

Umschlagkonzept: Balk & Brumshagen
Umschlagbild: Nina Dulleck
Lektorat: Dorothee Dengel
Gesetzt aus der Charlotte 12,5/16
Satz: Greiner & Reichel, Köln
Druck und Bindung: Druckerei C. H. Beck, Nördlingen
Gedruckt auf säurefreiem, chlorfrei gebleichtem Papier
Printed in Germany · ISBN 978-3-423-76072-0

Inhalt

Eine total geheime Geheimbande

»Ich hab eine Idee«, sagte Fritzi und sah einem hellgelben Schmetterling zu, der in der Sommerluft tanzte. Und noch bevor Lotte etwas antworten konnte, platzte sie auch schon damit heraus:

»Wir gründen eine Bande!«

»Eine echte Bande?«, fragte Lotte. Ihre Augen leuchteten. »Mit Abzeichen und Geheimversteck und allem?«

»Klar, das gehört doch dazu.«

Lotte und Fritzi hockten im Baumhaus, wo sie manchmal ganze Nachmittage vertrödelten. Außer ihnen waren nur noch drei, vier andere Kinder im Hort; die meisten waren schon nach Hause gegangen. Doch Lotte und Fritzi blieben am liebsten so lange, bis der Hort geschlossen wurde. Nirgendwo sonst konnten sie so ungestört miteinander spielen wie in dem großen, verwinkelten Garten. Er grenzte direkt an den Wilmerswald. Hier oben im Baumhaus wehte der Wind einen wunderbaren Geruch nach Waldmeister und sonnenbeschienenen Wiesen herüber.

»Wir könnten uns die Wilmersbande nennen«, schlug Lotte vor.

»Pfff«, machte Fritzi und schleuderte ihre langen Haare mit Schwung nach hinten, sodass der Schmetterling davonflatterte. »Das ist doch ein stinklangweiliger Name. Nee, uns wird schon noch was richtig Gutes einfallen.«

Lotte nahm Fritzi ihren flapsigen Ton nicht krumm. Fritzi war manchmal ein bisschen ruppig – aber dafür hatte sie immer die tollsten Einfälle.

»Und wer soll alles mitmachen?«, fragte Lotte. Doch sie wartete gar nicht erst auf eine Antwort. Hanan und Liev mussten mit dabei sein, das war schon mal sicher. Mit denen konnte man fast genau so viel Quatsch machen wie mit Fritzi. Die beiden waren in Lottes Klasse, in der 4a der Steinwegschule. Fritzi dagegen ging leider in die Parallelklasse – was Lotte und Fritzi aber nicht daran hinderte, seit Jahren die allerbesten Freundinnen zu sein.

Fritzi legte den Kopf schief und dachte nach, aber nur für eine Sekunde. Dann nickte sie. Hanan war

ziemlich cool und clever. Sie hatte zwei ältere Brüder, und wenn es sein musste, dann legte sie sich mit den stärksten Jungs im Hort an. Und Liev war nett und hilfsbereit und ein richtig guter Kumpel, also abgemacht!

Wenn Fritzi eine Idee hatte, dann zögerte sie nicht lange, sodass Lotte manchmal kaum mitkam. Jetzt sprang sie schon vom Baumhaus, um Liev und Hanan zu holen. Sie erwischte die Mädchen gerade noch an der Garderobe, wo sie ihre Schulranzen aufsetzen wollten, und lotste sie zum Baumhaus zurück.

Natürlich waren die beiden sofort Feuer und Flamme.

»Eine richtige, echte Hortkinderbande!«, schwärmte Hanan. »Meine Brüder hatten auch mal eine.«

Liev, die meistens etwas stiller war als die anderen drei, strahlte vor Freude. Lotte konnte ihr an der Nasenspitze ablesen, wie stolz sie war, dass sie dabei sein durfte.

Aber bevor die vier Mädchen überhaupt dazu kamen, sich einen Plan für ihre großartige Bande zu machen, kam es zum Krach. Zu einem richtigen, blöden Streit, wie es ihn eigentlich fast nie zwischen Lotte und Fritzi gab. Und das lag an Memoli, den Lotte als fünftes Mitglied vorschlug.

»Bist du plemplem?« Fritzi sah Lotte an, als ob die sich freiwillig für die Matheolympiade melden wollte – was Lotte übrigens tatsächlich vorhatte, denn sie liebte Mathe, im Gegensatz zu Fritzi. »Der soll in unsere Bande? Memoli ist ein Junge!« Das klang, als ob sie von einem schleimigen Glibbermonster gesprochen hatte.

»Na und?« Lotte hob die Augenbrauen. »Du spielst doch auch oft mit Jungs.«

»Nix na und«, sagte Fritzi.

Lotte seufzte. Fritzi mochte Memoli nicht. Meistens behandelte sie ihn, als wäre er Luft. Wenn Lotte nur wüsste, warum. Sie schaute zu Hanan, doch von der kam auch kein Beistand.

»Ich finde, vier sind genug«, meinte die nur.

»Und was sagst du, Liev?«

Liev strich sich mit den Fingern durch ihre kurzen braunen Locken und zuckte die Schultern. »Eigentlich ist er ganz okay – aber er ist doch ein Kahlkopf«, antwortete sie.

Kahlköpfe waren die Kinder, die auf die Frida-Kahlo-Schule gingen. Und die war ungefähr so weit weg wie Afrika – obwohl sie nur fünfhundert Meter von der Schule am Steinweg entfernt war. Aber dazwischen lag eine vierspurige Straße, und mindestens genauso breit war der Graben, der seit jeher zwischen den Kindern der beiden Schulen bestand – zumindest zwischen denen, die gemeinsam in den Hort am Wilmerswald gingen. Da konnten die Erzieher mit den Kindern noch so viele »Wir-sind-doch-alle-eine-Gruppe«-Spiele spielen …

Und so waren auch Memoli und Lotte, die seit Lottes drittem Geburtstag in der gleichen Kitagruppe gewesen waren, plötzlich fast so etwas wie Feinde geworden. Ganz einfach, weil sie nicht auf dieselbe Schule gingen.

Ja, ganz einfach. Und ziemlich blöd. Denn natürlich hatte Lotte Memoli immer noch genauso gerne wie früher. Memoli mit seinen schwarzen Augen, die wie geheimnisvolle tiefe Seen schimmerten. Und den langen, gebogenen Wimpern, die immer einen Schatten auf diese Seen warfen. Memoli war hübscher als jeder andere Junge im Hort, und Lotte war sich sicher, dass es in der ganzen Frida-Kahlo-Schule keinen Jungen gab, der so nett war wie er.

»Drei gegen eine«, sagte Fritzi jetzt und grinste triumphierend.

Lotte funkelte Fritzi böse an. Wenn die sich nicht so anstellen würde, hätten sich Hanan und Liev bestimmt anders entschieden. »Immer willst du alles bestimmen«, sagte sie.

»Will ich ja gar nicht«, meinte Fritzi.

»Doch!«

»Gar nicht wahr! Aber wenn Memoli mitmacht, mach ich nicht mehr mit.«

Erschrocken schaute Lotte Fritzi an. Eine Bande ohne Fritzi? Das war ja ganz und gar unmöglich! Fritzi und sie waren doch fast immer zusammen. In den großen Pausen, im Hort und oft auch am Wochenende. Mit niemandem konnte sie so viel Blödsinn machen wie mit Fritzi. Wenn Fritzi lachte, dann musste Lotte mitlachen, ganz egal, wie schlecht ihre Laune vorher gewesen war.

»Dann bist du eben raus aus der Bande«, murmelte Lotte so leise, dass Fritzi es gar nicht hören konnte.

»Wahrscheinlich hat er sowieso keine Lust«, versuchte Liev zu schlichten.

»Ganz bestimmt nicht«, sagte Hanan. »Zusammen mit vier Mädchen …«

Fritzi gab Lotte einen Knuff und legte ihr den Arm um die Schultern. Doch Lotte drehte sich weg.

»Komm, Lotte«, bettelte Fritzi, »ich hab's nicht so gemeint.« Sie blies die Backen auf und machte ihr allerschönstes Schielen, sodass Lotte lachen musste. Und dann war sowieso erst mal Schluss für heute, denn Lottes Mutter stand am Gartenzaun und winkte ungeduldig. Lotte seufzte. Mist, Mama wollte mit ihr zum Zahnarzt. Dann musste die Sache mit der Bande eben bis morgen warten.

Lotte war schon vom Baumhaus geklettert, als Fritzi sie zurückhielt. »Halt, Lotte«, rief sie, »du darfst niemandem was sagen. Das ist eine Geheimbande, klar?«

»Klar«, antwortete Lotte, »eine total geheime Geheimbande!«

Wir sind die Flipflop-Bande!

Am nächsten Tag hatten es Lotte, Fritzi, Hanan und Liev während des Mittagessens tatsächlich geschafft, kein Wörtchen über ihren Bandenplan zu verlieren. Jetzt saßen sie im Baumhaus und schleckten das Eis, das es zum Nachtisch gegeben hatte. Ausnahmsweise, weil das Wetter so schön war und die Sommersonne vom Himmel lachte. Eigentlich war alles so, dass die Mädchen vor Vergnügen hätten schnurren können. Sie baumelten mit den nackten Beinen, und niemand konnte schimpfen, weil ihnen das Eis auf die Schenkel tropfte.

Aber Lotte und Fritzi lagen sich beinahe schon wieder in den Haaren – und natürlich wieder wegen Memoli, der unter dem Baumhaus vorbeischlenderte und so tat, als ob er die Mädchen nicht sehen würde.

»Mohamed Ali«, stöhnte Fritzi, denn so hieß Memoli mit richtigem Namen. »Wie kannst du den nett finden?« Sie rümpfte ihre Sommersprossennase.

Lotte zuckte nur die Schultern und antwortete nicht. Nicht einmal ihrer allerbesten Freundin konnte sie erklären, dass Memoli *innen drin* nett war, tief im Innersten, sodass man es nicht sehen konnte. Aber man konnte es fühlen. Denn wenn Memoli in der Nähe war, nur Memoli und sonst niemand, dann wurde einem ganz warm und wohlig. Und manchmal lächelte Memoli so, als wäre er noch das kleine Krümelmonstergruppenkind, das er früher einmal gewesen war. Früher, bevor die doofe Schule losgegangen und er ein Kahlkopfjunge geworden war.

»Ach, egal«, meinte Fritzi. »Wir sind eine Viererbande und das werden wir auch bleiben.«

Lotte musste richtig ein bisschen Anlauf nehmen, um über das Grummeln hinwegzuhüpfen, das Fritzis Naserümpfen in ihr ausgelöst hatte. Aber vielleicht war es wirklich besser, wenn sie zu viert blieben. Denn um nichts in der Welt wollte sie sich schon wieder mit Fritzi zerstreiten, dafür hatte sie sie viel zu gerne. Manchmal stellte sie sich vor, wie es wäre, wenn Fritzi ihre Zwillingsschwester wäre.

»Ihr zwei seht euch immer ähnlicher«, hatte Fritzis Mutter neulich gesagt, als sie alle beide in Jeans, Ringelhemd und roten Flipflops dastanden. Beide

mit hellgrauen Augen, braun gebrannten Gesichtern und Schmetterlingsspangen in den langen zippeligen Haaren, deren Farbe so ähnlich aussah wie nasser Sandkistensand. Als Lotte Fritzi noch nicht kannte, hatte sie ihre Haare richtig langweilig gefunden. Jetzt nicht mehr.

»Wir brauchen nur noch einen anständigen Namen«, sagte Hanan in ihre Gedanken hinein.

Liev wagte einen Versuch. »Wie wäre es mit der Steinwegbande?«

»Die Steinwegbande? Das hört sich ja total verschnarcht an«, stöhnte Fritzi. »Nee, wir brauchen was richtig Spannendes. Oder was Witziges!«

»Die Hortensien«, schlug Lotte vor.

»Wie kommst du denn darauf?«, fragte Fritzi stirnrunzelnd.

»Na, wegen dem Hort, dachte ich. HORTensien, verstehst du?«

Doch Fritzi schüttelte empört den Kopf. »Das klingt nach Alte-Damen-Kaffeekränzchen. Das muss flippiger sein.«

Eine Weile war es ungewöhnlich still zwischen den vier Mädchen. Schweigend saßen sie nebeneinander und ließen wieder die Beine baumeln. Alle vier schlenkerten mit ihren Flipflops, bis Lotte einer der Latschen vom Zeh rutschte und zu Boden fiel. Und schwupps – im nächsten Moment segelte Hanans Flipflop hinterher.

»Ich hab's!« Lotte lachte. »Wir sind die Flipflop-Bande.«

Fritzi sah sie zweifelnd an.

»Klar! Wir haben alle vier die gleichen Flipflops. Das ist unser Erkennungszeichen.«

»Superidee«, meinte Hanan.

»Ich finde den Namen auch gut«, meldete sich Liev.

Fritzi starrte auf ihre schmutzigen Füße. »Die Flipflop-Bande …«, murmelte sie. Doch dann machte sich ein Grinsen auf ihrem Gesicht breit. »Hey, das ist wirklich gar nicht so übel. Wir sind die Flipflop-Bande!« Sie kickte ihre Flipflops hoch durch die Luft und auf einmal strahlte sie. »Das ist genial! Wir flippen, wir floppen, wir sind nicht zu stoppen!«, rief sie.

Eine Sekunde nur dauerte es, dann stimmten die anderen drei begeistert ein, so laut, dass es durch den ganzen Garten schallte. »Wir flippen, wir floppen, wir sind nicht zu stoppen!«

Krieg ist Hühnerkacke

»Wir brauchen eine Flagge«, sagte Liev und reckte ihre Nase in die Luft. Seit sie Mitglied in der Flipflop-Bande war, schien sie glatt zwei Zentimeter gewachsen zu sein. Weil sie die Kleinste in der Hortgruppe war, hatte sie immer Angst, nicht ganz ernst genommen zu werden. Aber damit war von nun an Schluss!

»Und was soll da drauf?«, fragte Hanan. Sie drehte ihren langen schwarzen Zopf zwischen den Fingern. »Also, meine Brüder hatten einen Tiger als Wappen.«

Lotte überlegte nicht lange. »Na, Flipflops natürlich.«

Hanan rollte mit den Augen. »Einen Tiiiiger, Lotte! Wir können doch nicht ein paar Latschen als Wappentier nehmen.«

Lotte lachte. Hanan hatte recht. Der Name der Bande war großartig, aber für ihre Fahne brauchten sie etwas, das gefährlicher aussah.

»Das gefährlichste Tier ist ein Drache, einer, der Feuer speit. Die Ritter hatten früher auch oft Drachen als Wappen«, sagte Fritzi. Und natürlich sagte sie es so, dass jeder Widerspruch zwecklos gewesen wäre. Die Sache war beschlossen: Das Wappentier der Flipflop-Bande würde ein Drache sein.

Leider dauerte es nicht lange, dann war die Geheimbande der Mädchen gar nicht mehr so geheim. Denn bei all dem aufgeregten Gerede über ihre Bande hatten sie Anna-Lena übersehen, die unter dem Baumhaus saß und neugierig die Ohren spitzte. Plötzlich sprang sie durch den Garten und quiekte so laut, dass es niemand überhören konnte: »Fritzi und Lotte und Hannan und Liev haben eine Bande gegründet!«

Die anderen Kinder schien das gar nicht so sehr zu interessieren. Die meisten hörten Winfrid zu, der mit seinem Akkordeon auf einer Bank saß und einen original argentinischen Tango spielte. Fritzi warf Anna-Lena ihren Apfelknust hinterher und schimpfte. »Am nötigsten brauchen wir ein Versteck«, grummelte sie. »Aber jetzt basteln wir erst mal unsere Flagge.«

Als die vier kurz darauf im Bastelraum um die Werkbank herum saßen, kam Anna-Lena natürlich wie zufällig zur Tür herein. »Was soll das denn werden?«, kicherte sie und beugte sich über Lottes Malblock. »Eine Ente?«

Lotte verdrehte die Augen und antwortete nicht. Anna-Lena war ja nur neidisch, dass sie nicht zur Bande gehörte. Aber die ging ja nun mal genau wie Memoli auf die Kahlkopfschule. Und außerdem war sie sowieso affig mit ihren rot lackierten Fingernägeln. Die tat immer so, als wäre sie was Besseres.

Aus den Augenwinkeln bekam Lotte mit, dass sich Anna-Lena endlich trollte. Lotte konzentrierte sich wieder auf ihr Bild. Es war gar nicht so einfach, einen Drachen zu zeichnen.

Trotzdem war Lotte eindeutig diejenige, die am besten malen konnte. »Schaut mal«, meinte sie stolz, »der sieht doch gut aus, oder?«

Die anderen drei begutachteten ihr Kunstwerk.

»Der ist aber schön geworden.« Liev nickte anerkennend.

»Ja, cool.« Fritzi hielt das Bild mit dem Feuer speienden Drachen in die Luft. »Wir könnten ihn Flippi nennen.«

Und so malte Lotte ihren Drachen noch ein zweites Mal, aber jetzt auf grünen Filz. Fritzi stibitzte ein rot kariertes Geschirrtuch aus der Küche und nähte den Drachen auf das Tuch. Dazu noch gelborangefarbene Filzstreifen, die als Feuer aus dem Maul des Drachen flammten. Großartig sah das aus! Neben ihnen an der Werkbank saßen Hanan und Liev, die vier kleine Pappabzeichen bastelten, mit grünen Minidrachen drauf.

Lotte liebte Basteln. Aber irgendwie war sie jetzt nicht mehr richtig bei der Sache. Immer wieder wanderte ihr Blick durch die Glastür der Werkstatt zur Leseecke des Hortraums. Autsch! Da hatte sie sich an der Stecknadel gepikst, die sie in die Schachtel zurücklegen wollte.

»Was flüstern die denn da die ganze Zeit?« Sie starrte zu der kleinen Gruppe hinüber, die vor dem Bücherregal auf den Sofas saß. Sie hockten so dicht beieinander, dass sich ihre Nasenspitzen fast berührten.

»Wer? Wen meinst du?«, fragte Fritzi scheinheilig.

Natürlich war ihr klar, von wem Lotte sprach. Denn die vier Kinder auf den Sofas waren Anna-Lena, Erkan und der lange Frederik, der alle überragte, weil er fast so groß wie ein Sechstklässler war. Und Memoli. Lotte wusste, dass Erkan und Memoli Freunde waren. Aber was hatten die mit der albernen Anna-Lena zu tun, die gerade so tat, als wäre sie *Germanys Next Topmodel*? Und mit Frederik stritten sich Memoli und Erkan doch immer, wer nun am besten Skateboard fahren konnte …

»Na ja, kann uns ja wurscht sein.« Lotte räumte noch ein paar Nadeln in die Schachtel. Autschi! Schon wieder hatte sie sich gestochen. »Ich weiß gar nicht, was die da zu tuscheln haben«, brummelte sie.

»Aber ich«, sagte Hanan und zwirbelte ihren schwarzen Zopf zwischen den Fingern.

Lotte schaute sie mit zusammengezogenen Augenbrauen an. »Wirklich? Was denn?«

»Die haben auch eine Bande gegründet«, verkündete Hanan.

»Eine Bande? Woher weißt du das denn?«

»Ich hab's gehört, als Memoli und Erkan beim Puddingessen darüber gesprochen haben. Erkan hat gesagt, es wäre die Idee von Anna-Lena gewesen und dass sie ein total super Bandenquartier kennt. Sie haben Türkisch geredet, und sie denken, das kann ich nicht.«

»Kannst du's denn?«

»Klar. Ein bisschen jedenfalls. Bei uns im Haus wohnen doch nur Türken, da hab ich's gelernt.« Hanan sagte das so, als wenn es ein Klacks wäre, mal eben eine andere Sprache aufzuschnappen. Aber vielleicht ging das ja wie von selbst, wenn man schon Kurdisch, Arabisch und Deutsch konnte, so wie Hanan und ihre Geschwister.

»Und die haben echt eine Bande gegründet? Und dann noch mit Anna-Lena?« Lotte sah Hanan fast ein wenig böse an. Dabei konnte die ja nun wirklich nichts für diese Neuigkeit.

»Sag ich doch«, meinte Hanan ganz ruhig. »Eine Kahlkopfschulbande.«

Fritzi rümpfte die Nase. »Klingt ja toll«, höhnte sie, »Anna-Lena, Frederik, Erkan und Memoli ...«

Lotte haute mit der Faust auf die Werkbank, sodass die übrig gebliebenen Stecknadeln auf den Boden hüpften. »So eine Frechheit! Das mit der Bande war unsere Idee!«

»Ist doch gar nicht schlecht«, meinte Liev. »Dann können wir einen richtigen Bandenkrieg machen.«

»Krieg ist Hühnerkacke«, sagte Hanan und ihre schwarzen Augen schienen noch ein bisschen dunkler zu werden.

Liev guckte ein bisschen schuldbewusst. Klar, genau wie Lotte vergaß sie immer wieder, dass Hanans Familie vor dem blöden Krieg in ihrem Land geflohen war.

Da pinnte Hanan Liev das Drachenabzeichen an die Bluse und grinste. »Krieg ist Hühnerkacke«, wiederholte sie. »Aber Hortbandenkrieg ist schon in Ordnung.«

»Das ist voll in Ordnung.« Fritzi kicherte. »Jetzt wird's erst richtig spannend. Und das Beste ist, dass wir eine Spionin haben, ohne dass die anderen das wissen.« Sie legte Hanan den Arm um die Schultern und drückte sie.

»Wartet mal, wir müssen auf unsere Bande anstoßen. Das gehört dazu.« Lotte sprang auf und lief zur Küchentheke, von wo sie mit einer Flasche Apfelsaft und vier Gläsern zurückkam – die Hortkinder mussten zum Glück nicht mehr aus den bunten Plastikbechern trinken. Dann schloss sie die Tür, schenkte allen ein und hob ihr Glas in die Luft. »Auf die Flipflop-Bande! Die einzige und wahre und echte und unbesiegbare Bande der ganzen Stadt!«

»Auf die Flipflop-Bande«, antworteten die anderen.

»Auf unsere Freundschaft.«

»Ja! Auf Treue und Freundschaft bis in alle Ewigkeit.«

»Flipflops forever!«

Fritzi reckte die Faust in die Luft wie ein Fußballer. »Wir flippen, wir floppen!«, schrie sie.

»Wir sind nicht zu stoppen!«, grölten Lotte, Hanan und Liev als Antwort.

Als sie ihre Gläser aneinanderklirren ließen, war allen vieren ganz feierlich zumute. Und keins der Mädchen achtete noch darauf, was die Kahlköpfe in ihrer Sofaecke ausheckten.

Kein Wörtchen von Liebe

Beim Abendessen saß Lotte mit ihren Eltern am Küchentisch und sprudelte nur so über vor lauter Neuigkeiten. Sie erzählte, was in der Schule los gewesen war, und vom Hort und natürlich von ihrer neuen Bande, die inzwischen zwar nicht mehr geheim war, aber deshalb nicht weniger geheimnisvoll. Und davon, dass die Kahlkopfkinder unbedingt auch eine Bande gründen mussten. Und von ihrem Kummer darüber, dass die anderen Mädchen sie immer wegen Memoli ärgerten, allen voran Fritzi.

»Der Memoli aus deiner alten Kitagruppe?«, fragte Mama.

»Klar, welcher sonst?« Lotte kaute mit vollen Backen.

»Und warum ärgert Fritzi dich mit Memoli?« Papa

konzentrierte sich auf das Radieschen auf seinem Teller, das er gerade in dünne Scheibchen schnitt.

»Das kann man sich ja wohl denken«, meinte Mama und machte eine Miene wie ihr Lehrer Herr Abisch, wenn man nicht aufgepasst hat. »Weil Lotte in Memoli verliebt ist.«

»Mama!« Lotte sah ihre Mutter empört an. Von Liebe hatte sie kein Wörtchen gesagt.

Papa seufzte, ohne von seinem Teller hochzuschauen. »Ja«, sagte er. »So ist das wohl ... Jetzt verliebt sich schon unser kleines Lottchen.«

»Papa!« Lottes Augen blitzten. »Ihr redet genauso einen Müll wie Fritzi.«

Mama strich ihr über die Haare. »Entschuldigung, meine Süße«, sagte sie. »Wir wollten dich nicht verspotten. Und natürlich ist das Quatsch. Du bist ja erst zehn Jahre alt, da verliebt man sich noch nicht.«

»Ja, genau! Und jetzt muss ich noch was für die Schule lesen«, sagte Lotte, stand auf und trug ihr Geschirr in die Küche. Dieses Thema ging ihr gewaltig auf die Nerven.

»Man kann sich in jedem Alter verlieben«, hörte sie ihren Vater sagen.

In ihrem Zimmer schnappte sie sich ein Buch und verkroch sich in ihrem Hängesitz. Sie las ein paar Seiten und für einige Minuten vergaß sie tatsächlich alles um sich herum. Doch dann ließ sie das Buch sinken und schaute zum Fenster hinaus in die Bäume, durch deren Blätter der Sommerwind fegte. Irgendetwas pikste sie, so wie vorhin die Stecknadel. Nur dass es nicht in ihrem Finger piekste, sondern in ihrem Bauch. Irgendetwas war da, was ihr ganz und gar nicht passte. Und das waren nicht die albernen Bemerkungen von Mama und Papa gewesen.

Vom Geschaukel war Lotte schon richtig dösig geworden, und sie wäre fast eingeschlafen, als sie es plötzlich wusste: Anna-Lena! Anna-Lena war ein Mädchen! Und trotzdem war sie mit Memoli, Frederik und Erkan in einer Bande! Bei denen ging das offenbar, dass ein Mädchen dabei war. Und ausgerechnet diese affige Anna-Lena, die immer so oberschlau tat. Und die damit angab, dass sie demnächst auf ein Privatgymnasium gehen würde, und die manchmal mit rot lackierten Zehennägeln ankam, was nun wirklich dämlich aussah.

Lotte sehnte sich auf einmal danach, sich an Mama oder Papa zu kuscheln. Aber durch die Tür hindurch konnte sie hören, dass Mama in ihrem Arbeitszimmer saß und telefonierte. Und Papa hockte mit Sicherheit am Computer, so wie er es die ganzen letzten Abende gemacht hatte.

Es war schon fast acht und eigentlich Zeit, ins Bett zu gehen. Doch als Lotte Zähne geputzt hatte und im

Bett lag, war sie hellwach. Wenn einem das Herz ein bisschen wehtut, kann man nicht schlafen.

Zum Glück kam jetzt Papa und setzte sich zu ihr ans Bett. »Schlaf gut, meine Große«, sagte er und gab Lotte einen Kuss.

»Singst du mir ein Gutenachtlied?«, wollte Lotte fragen, doch sie schluckte die Worte runter. Papa sah so aus, als wäre er mit seinen Gedanken weit weg. Und diese Gedanken schienen keine fröhlichen zu sein. Lotte wurde das Herz noch ein bisschen schwerer und sie wusste gar nicht genau, warum. Vielleicht lag es daran, dass früher Mama und Papa oft gemeinsam bei ihr auf der Bettkante gesessen und ein Lied gesungen hatten, zweistimmig. Jetzt kam Papa meistens nur kurz zum Gutenachtsagen, und Mama schaute erst zu ihr rein, wenn die Tagesschau vorbei war.

Als ihr Vater wieder in seinem Arbeitszimmer verschwunden war, kletterte Lotte noch mal aus dem Bett, holte das Telefon und setzte sich damit in den Hängesessel. Fritzi war bestimmt noch auf, die ging meistens ziemlich spät schlafen. Und für Lotte hatte sie sowieso immer Zeit.

Am liebsten hätte Lotte Fritzi erzählt, dass sie die Gutenachtlieder vermisste. Aber wahrscheinlich würde Fritzi nur darüber lachen. Denn Fritzi war so ein Mädchen, dem selbst das größte Chaos bei ihr zu Hause nichts ausmachte. Doch ihren Kummer wegen

Anna-Lena, den konnte Lotte beim besten Willen nicht für sich behalten. Es dauerte keine zwanzig Sekunden, dann platzte sie damit heraus.

»Also, Fritzi, das sag ich dir«, schimpfte sie. »Die doofe Anna-Lena, die würden wir doch nie und nimmer in unsere Bande aufnehmen, oder? Die passt überhaupt in keine Bande, finde ich. Die traut sich ja nicht einmal, die zwei Meter hoch ins Baumhaus zu klettern. Wer die in seine Bande aufnimmt, der tickt doch nicht richtig, oder?«

»Das kannst du laut sagen. Die spinnen doch«, stimmte Fritzi ihr zu.

»Hanan hat gesagt, Anna-Lena hat die Jungs mit irgendeinem tollen Bandenquartier bestochen. Ich wette, das hat sie sich nur ausgedacht.«

»Bestimmt hat sie denen versprochen, ihnen jetzt immer die Schularbeiten zu machen.«

Lotte kicherte und Fritzi quasselte weiter. »Oder sie hat den Jungs so lange was vorgequakt, dass sie sie aus Mitleid aufgenommen haben«, meinte sie.

Jetzt nickte Lotte, obwohl Fritzi das nicht sehen konnte. Ja, so musste es gewesen sein. Anna-Lena mit ihren himmelblauen Augen und ihren rotblonden Locken bekam eigentlich immer, was sie wollte. Egal, ob es das letzte Stück vom Erdbeerkuchen war oder die Hauptrolle im Weihnachtsmärchen. Alle fielen auf ihr Gesäusel rein – und jetzt auch noch Memoli.

»Na ja, kann uns ja egal sein«, seufzte Lotte. »Die haben selbst Schuld, wenn sie jetzt mit der rumziehen müssen.«

Und dann redeten die beiden noch so lange, bis Lottes Ohr ganz heiß war. Über die Flipflop-Bande, die Kahlköpfe, den Hort, die Schule und über das Leben so im Allgemeinen.

Irgendwann kam ihre Mutter ins Zimmer und schaute erstaunt. »Ich dachte, du schläfst längst«, sagte sie. Sie ließ Lotte kaum Zeit, sich von Fritzi zu verabschieden, und nahm ihr das Telefon aus der Hand. »Ab ins Bett mit dir.«

Obwohl Mama so streng klang, lächelte sie. Dann setzte sie sich doch noch zu ihr und sang ein Lied. Lotte hörte mit geschlossenen Augen zu und drei Minuten später war sie eingeschlafen.

Schoko mit Senf

»Wir brauchen ein Hauptquartier«, sagte Fritzi, als die vier Mädchen nebeneinander im Baumhaus saßen und ihre Flipflops auf den Zehen balancierten.

»Haben wir doch«, meinte Liev. »Hier ist es doch schön, oder nicht?«

Lotte grinste. Liev fand immer alles schön. Es kam nur ganz selten vor, dass sie mal unzufrieden war.

Fritzi schaute Liev empört an. »Schön? Also ob es darauf ankommt. Ein Hauptquartier muss geheim sein. Das darf niemand kennen außer uns.«

Hanan ließ ihren Blick über den Garten der Kita schweifen. »Wo willst du denn hier einen geheimen Platz finden?«

»Eben!« Fritzi rollte mit den Augen. »Deswegen müssen wir woanders suchen. Und ich weiß auch schon, wo.«

»Wo denn?«

»Was meinst du mit ›woanders‹?«

»Nun sag schon, Fritzi.«

Die drei Freundinnen redeten alle gleichzeitig.

Jetzt legte Fritzi eine kleine Pause ein, um die Spannung zu erhöhen. »Im Räuberwald natürlich!«

Lotte, Liev und Hanan sahen Fritzi zweifelnd an. War das ihr Ernst? Der Wald, der an das Gelände der Kita grenzte, war durch einen hohen, mit Efeu berankten Drahtzaun abgetrennt. Es war bei Höchststrafe verboten, ihn ohne die Erzieher zu betreten. »Gefängnis, nicht unter vier Jahren, und das Ganze ohne Bewährung«, hatte Ellen, die Kitaleiterin, ihnen gedroht. Eigentlich hieß der Wald Wilmershöhe, aber seitdem die Hortkinder dort ein paarmal Räuber und Gendarm gespielt hatten, wurde er Räuberwald genannt.

»Was guckt ihr so?« Fritzi runzelte die Stirn. »Sagt bloß, ihr habt Schiss?«

»Wir kriegen echt Ärger«, meinte Hanan etwas kleinlaut, was gar nicht zu ihr passte.

»Schön wär's schon«, sagte Liev, »aber es ist ja nicht erlaubt.«

Fritzi verdrehte die Augen. »Hey! Wir sind die Flipflop-Bande. Habt ihr unser Motto vergessen?«

»Wir flippen, wir floppen, wir sind nicht zu stoppen«, murmelte Liev so leise, dass sie damit wahrscheinlich von einem Krabbelgruppenkind ausgebremst worden wäre.

»Genau! Wir sind nicht zu stoppen!« Fritzi boxte Liev gegen die Schulter. »Nach dem Mittagessen werden wir mal den Wald erkunden.«

Lotte ließ sich von Fritzis Eifer anstecken. »Hinter dem Geräteschuppen ist der Zaun kaputt«, sagte sie, »da kann man sich durchquetschen.«

»So machen wir's!« Fritzi streckte ihre Hand aus. »Abgemacht?«

Die anderen drei klatschten ein. »Abgemacht!«

Diesen Mittag schien das Essen ewig zu dauern. Als endlich alle ihre Lasagne aufgegessen und den Tisch abgeräumt hatten, war Lotte schon ganz kribbelig. Während sie auf Hanan und Liev warteten, die noch ihr Geschirr wegbrachten, stieß sie Fritzi mit dem Ellenbogen in die Seite. »Meinst du, wir können alle vier einfach verschwinden? Das fällt doch bestimmt auf«, flüsterte sie.

»Ha! Du willst wohl hierbleiben«, argwöhnte Fritzi und schaute zu Memoli hinüber.

»Quatsch. Aber Winfried merkt doch, wenn wir nicht da sind. Der ist doch nicht blind.«

»Nee, aber er kann ja seine Augen nicht überall haben.«

Winfried war der Erzieher, der für die Hortkindergruppe zuständig war, gemeinsam mit Sylvia, die allerdings in dieser Woche eine Sommergrippe hatte. Trotzdem – Hanan und Liev sahen die Sache ähnlich wie Lotte: Alle vier konnten sie sich nicht aus dem Staub machen, ohne dass es auffiel.

»Ich hab's«, sagte Liev, als sie wieder im Baumhaus hockten. »Wozu hab ich denn ein Handy? Und Lotte hat auch eins. Ich bleibe hier im Baumhaus und behalte Winfried im Auge. Und wenn er anfängt, euch zu suchen, dann rufe ich Lotte an.«

»Prima Idee«, sagte Fritzi, »also dann, nichts wie los!« Schon sprang sie die zwei Meter vom Baum hinunter und ließ sich in den weichen Sand plumpsen.

Kurz darauf schlenderte erst Lotte, dann Fritzi und zum Schluss Hanan Richtung Geräteschuppen, während Liev von oben Ausschau hielt. Als sie sah, dass niemand die drei beachtete, gab sie ihnen ein Zeichen. Und so huschten die Mädchen hinter den Schuppen und zwängten sich unter dem Drahtzaun hindurch auf die andere Seite.

Geduckt rannten sie tiefer in den Wald hinein, der an dieser Stelle dicht und üppig gewachsen war. Das Unterholz zerkratzte ihnen die nackten Waden, aber das war egal. Hauptsache, man konnte sie vom Hort aus nicht mehr erkennen. Als sie sich schließlich umdrehten, waren sie schon ein ganzes Stück vom Baumhaus entfernt. Man sah nur noch die weiße Fahne, die oben an einer Stange befestigt war.

»Hihi«, kicherte Fritzi, »das hat keiner gemerkt. Kommt, wir schauen uns mal um.«

Und so liefen sie weiter, einen schmalen Pfad entlang und an dem Weiher vorbei, über dessen dunklem Wasser die Libellen schwebten. Der Weg, der immer enger und steiler wurde, führte sie einen Abhang hoch. Hier standen krüppelige Kiefern, Tannen und Fichten; es roch würzig. Fast ein bisschen nach Maggi, fand Lotte. Außer Atem blieb sie stehen.

»Wartet mal!«, rief sie, »mein Handy klingelt.« Sie holte das Telefon aus der Tasche ihrer Jeans. »Das ist Liev«, sagte sie nach einem Blick auf das Display. Die beiden anderen kamen neugierig näher.

»Ich wette, Winfried hat Lunte gerochen«, meinte Fritzi.

Doch Lotte schüttelte den Kopf und lauschte ins Handy. »Was?«, schrie sie plötzlich. »Und das haben wir nicht mitgekriegt?! So ein Mist ... Ehrlich? Das ist ja Wahnsinn ... O Mann ... Okay, wir kommen! Sie steckte das Handy wieder weg.

»Haben wir eine Kuchenschlacht verpasst?«, fragte Hanan. »Damit könnte ich leben.«

»Nein!« Lotte rümpfte die Nase. »Aber die Kahlkopfbande hat eine Mutprobe veranstaltet. Und das ist aufgeflogen und jetzt haben sie richtig Ärger gekriegt.«

»Eine Mutprobe? Was haben sie denn gemacht?«, bedrängten die beiden anderen Lotte.

»Jeder musste ein ganzes Glas Schokocreme aufessen.«

Fritzi prustete. »Pff, das kann ja wohl jeder. Und der verfressene Erkan sowieso.«

»Ja, aber vermischt mit Senf. Und dann haben Erkan und Anna-Lena ganz eklig spucken müssen, direkt auf den Küchenboden. Frederik ist auch übel geworden und er hat aus dem Fenster gereihert. So hat Winfried sie erwischt, und dann mussten sie alles selber aufwischen.« Lotte kicherte. »Mann, das war Anna-Lena bestimmt peinlich.«

»Und was ist mit Memoli?« Hanan sah Lotte erwartungsvoll an.

»Der hat gar nichts gegessen, sagt Liev. Es gab wohl nur noch drei Gläser Schokocreme.«

»Er hat sich gedrückt, der Feigling«, meinte Fritzi.

Lotte gab ihr einen mittelgroßen Schubs. »Quatsch! Und außerdem sollen wir uns jetzt beeilen, hat Liev gesagt. Weil Winfrid auf hundertachtzig ist. Wenn er jetzt noch merkt, dass wir weg sind …« Lotte beendete ihren Satz nicht. Lieber gar nicht erst an das Donnerwetter denken, das dann losbrechen würde.

»Suchen wir eben morgen unser Hauptquartier«, meinte Fritzi. Und dann rannten sie alle drei los, den rutschigen Abhang hinunter, als wären feindliche Horden hinter ihnen her.

Eine unfreiwillige Mutprobe

Die Kahlkopfbande hieß jetzt »Die Wilden Wölfe« – das hatte Anna-Lena am nächsten Tag stolz beim Mittagessen herausgetrötet, als Winfried gerade nicht zuhörte. Der hatte nämlich mit ernster Miene angekündigt, dass er demnächst mit der ganzen Hortgruppe noch mal über diese Bandengeschichte reden wollte.

Aber das schien die Wölfe nicht im Geringsten zu kratzen. Kichernd und gackernd spionierten sie hinter Lotte, Fritzi, Hanan und Liev her. Keinen Schritt konnten die vier machen, ohne dass einer der Wölfe an ihren Hacken klebte. Lotte gab den anderen ein Zeichen, dass sie sich auf dem Mädchenklo treffen wollten. Aber auch da waren sie nicht sicher, denn es tauchte natürlich Anna-Lena auf – die sich ziemlich verändert hatte, seitdem sie zu den Wilden Wölfen gehörte. Sie hatte ihre rotblonden Locken unter eine Baseballkappe gesteckt und ihre Fingernägel waren schwarz vor Schmutz anstatt rot lackiert. Und dazu trug sie stolz ihr Bandenabzeichen auf dem T-Shirt, zwei schwarze Ws, die sie aus Moosgummi geschnitten hatte.

»Was soll das denn heißen?«, fragte Fritzi scheinheilig. »Die wonnigen Wickelkinder?«

»Oder die winzigen Wichtel?«, legte Lotte nach.

»Pff«, machte Anna-Lena. Sie blieb stur neben den Waschbecken stehen und starrte die vier Mädchen so lange an, bis die sich verzogen.

»Wir müssen die Wölfe ablenken, sonst kommen wir nicht in den Wald«, meinte Lotte, als sie wieder im Baumhaus saßen.

»Ich weiß auch schon, wie«, sagte Hanan. »Guckt mal, hier oben liegt der Fußball, den Erkan vorhin gesucht hat.« Sie griff hinter sich und nahm den Ball. Geschickt warf sie ihn auf die Rutsche, von wo aus er Erkan direkt vor die Füße rollte.

Und Erkan schnappte nach dem Köder. Obwohl sein Bauch fast so rund wie der Ball war, gehörte er zu den geschicktesten Kickern des Horts. Er schoss den Ball steil in die Luft, nahm ihn mit seinem Lockenkopf auf und köpfte ihn zu Memoli, der ihn im hohen Bogen zu Frederik kickte.

Der lange Frederik stoppte den Ball mit der Brust. »Geh du ins Tor!«, rief er Anna-Lena zu. Die stakste zu den beiden Mülleimern hinüber, die normalerweise als Tor dienten, als wäre sie ein Modell auf dem Laufsteg. Besonders begeistert sah sie nicht aus, stellte Lotte schadenfroh fest.

Die Flipflop-Mädchen kicherten. »Die Jungs können gar nicht anders, wenn die einen Fußball sehen. Das kenne ich von meinen Brüdern«, sagte Hanan. »Nix wie weg!«

Eine Minute später waren Lotte, Fritzi und Hanan auf der anderen Seite des Zauns, während Liev von oben den Wölfen zuschaute, die ahnungslos Fußball spielten. Wieder rannten die drei durch den Wald. Doch diesmal liefen sie nicht die Anhöhe hinauf, sondern hinter dem Weiher tiefer hinein ins Unterholz und an dem verlassenen Wildgehege vorbei. Früher hatte Lotte hier mit ihren Eltern zusammen die Rehe mit Kastanien und Bucheckern gefüttert.

Fritzi, die voranging, blieb am Rand einer Lichtung stehen, die fast so groß wie ein Fußballplatz war. »Vielleicht können wir uns in den Büschen dahinten eine Höhle bauen?«, schlug sie vor. »Von da aus kann man ziemlich gut sehen, wenn sich jemand anschleicht.«

»Kein schlechter Platz«, meinte Lotte. Doch dann fiel ihr Blick auf etwas, das ihr Herz höherschlagen ließ. Es war ein alter, verwitterter Hochstand, der aus einem Brombeergestrüpp ragte. »Schaut mal – fast wie unser Baumhaus«, sagte sie.

»Oh, wie schön!«, rief Hanan.

Lotte und Fritzi lachten, denn eigentlich war das Lievs Spruch.

Als sie zu Füßen des Hochsitzes standen, verzog Hanan das Gesicht. »Wie soll man denn da raufkommen? Die Leiter ist völlig kaputt.«

»Außerdem zerkratzt man sich total die Beine an den Brombeeren.« Fritzi deutete auf ihre Waden, an denen sich dünne Striemen längszogen, als hätte sie sie mit einem spitzen Kamm bearbeitet.

Lotte zeigte kein Mitleid. »Muss man eben vorsichtig sein«, sagte sie. »Eigentlich sind die Dornen praktisch, denn so kann sich niemand einfach anschleichen. Und das mit der Leiter ist auch nicht schlimm. Wir brauchen nur ein Seil, an dem wir hochklettern können.«

Fritzi prustete los. »Aber das Seil muss ja erst mal nach oben.«

»Das schaffen wir schon«, sagte Lotte. »Wo ein Wille ist, ist auch ein Weg, sagt mein Papa immer. Ich rufe jetzt Liev an und sag ihr, sie soll nach einem Seil suchen und es herbringen. Wir gehen ihr bis zum Weiher entgegen, damit sie den Weg findet.«

»Und wer passt im Hort auf?«, fragte Hanan.

»Ach, das geht auch mal so.«

Eine Viertelstunde später trafen sich die drei tatsächlich mit Liev am Weiher und begutachteten das Seil, das sie mitgebracht hatte.

»Ich hab's im Geräteschuppen gefunden«, sagte Liev. »Es sieht ziemlich stabil aus und es ist endlos lang.« Sie schaute auf die Uhr an ihrem Handy. »Hey! Wir haben genau eine Dreiviertelstunde Zeit, dann will Winfried irgendwas mit uns besprechen.«

Also rannten die vier, so schnell sie konnten, zum Hochsitz zurück, wo Liev das neue Hauptquartier in Augenschein nahm. »Oh, wie schön!«, jubelte sie. Doch dann legte sie den Kopf schief. »Aber ich glaube, die Leiter bricht zusammen, wenn man da draufsteht«, meinte sie zögernd.

»Ach was!« Lotte schnappte sich das Seil und hängte es sich über die Schulter. »Ein paar Sprossen sind ja noch dran. Das müsste reichen, um hochzuklettern.«

»Na, ich weiß nicht ...«, sagte Hanan. »Und wenn du nun runterkrachst? Mein Bruder hat sich mal den Arm gebrochen, als er von der Leiter gefallen ist.«

»Werd ich schon nicht.« Lotte versuchte, zuversichtlich zu klingen. Aber ihr war mulmig zumute. Mann, dieses Ding sah wirklich sehr morsch aus. Zögernd stellte sie einen Fuß auf die unterste Sprosse. Sie hielt. Und so setzte sie mutig einen Fuß nach dem anderen auf die wenigen Sprossen, die die Leiter noch hatte.

Hui! Das ging aber ziemlich steil nach oben … Nur nicht runterschauen. Ein wenig zu hastig griff Lotte nach einer der Sprossen. Und da war es auch schon passiert! Das morsche Holz zerbröckelte unter ihren Fingern. Sie versuchte, die nächste Sprosse zu fassen. Auch die zerbrach! Wie ein reifer Apfel plumpste Lotte nach unten – nur dass Äpfel nicht gellend losschreien, wenn sie fallen. »Aaaaah!« Mitten hinein in das Brombeergestrüpp stürzte sie.

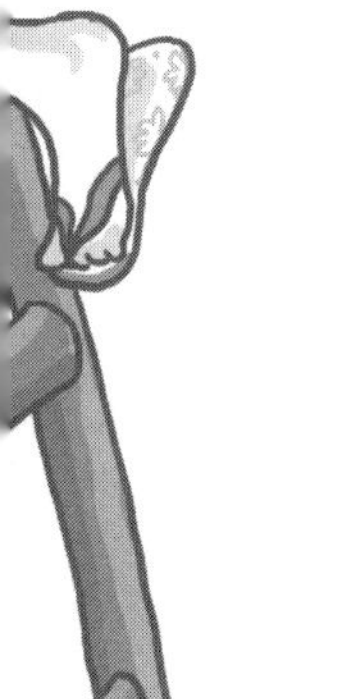

»Lotte!« Fritzi war plötzlich blass wie ein Gespenst. »Lebst du noch?!«

»Nein!«, schrie Lotte. »Ich glaube, ich bin in der Hölle gelandet. Meine Haut brennt wie Feuer.«

»Hast du dir was gebrochen?«, fragte Liev mit banger Stimme.

»Nein, verdammt noch mal. Aber ich hänge in diesen grässlichen Dornen fest. Nun helft mir doch endlich.«

»Wir kommen schon«, sagte Hanan. Doch das war gar nicht so einfach. Die Brombeeren hatten Lotte fest im Griff. Die Mädchen mussten sich erst ein paar Äste holen, mit denen sie das Gestrüpp zur Seite drücken konnten, um nicht selbst zerkratzt zu werden. Aber natürlich waren sie, als sie die arme Lotte schließlich befreit hatten, auch ziemlich zerstochen.

»Aua«, jammerte Lotte und besah sich ihre Arme, die mit blutigen Kratzern übersät waren. »Tut das weh!«

Hanan beugte sich über sie und zog ihr eine Brombeerranke aus den Haaren. »Es sieht ganz schrecklich aus, Lotte«, sagte sie mitleidig. »Zum Glück hast du zumindest eine lange Hose an.«

Fritzi nickte. »Wenn Winfried dich so sieht, dann gibt's Ärger.«

Liev, die noch mitleidiger als Hanan guckte, hatte trotzdem die Uhrzeit im Blick. »Winfried!«, stöhnte sie. »Wir müssen uns beeilen.«

»Worüber will er denn mit uns sprechen?«, fragte Fritzi.

Liev verzog das Gesicht zu einem schiefen Grinsen.

»Ich glaube, über Mutproben und Banden und Heimlichkeiten. Und wie gefährlich das werden kann.«

»Na, das passt ja«, sagte Lotte und rappelte sich hoch. »Aber jedenfalls haben wir nicht so was Albernes gemacht und Schokocreme mit Senf gegessen.«

Sie hielt den anderen dreien ihre schmerzende, aufgeschürfte Hand hin. »Auf die Flipflop-Bande«, sagte sie tapfer und die Freundinnen klatschten ganz vorsichtig ein.

Lotte wundert sich

Die vier hatten Glück, denn sie konnten sich unbemerkt in den Garderobenraum schleichen. Dort zogen sie Jacken und Trainingshosen an, sodass ihre blutigen Striemen nicht so auffielen. Nur Lottes Kratzer auf der Stirn leuchtete rot wie eine indianische Kriegsbemalung. Aber sie ließ sich ihre langen Haare ins Gesicht fallen und schlappte mit gesenktem Kopf in den Toberaum, wo Winfried die ganze Horttruppe um sich versammelt hatte. Er machte eine Miene, als hätte er in eine Zitrone gebissen.

»Ich weiß, dass Mutproben eine coole Sache sind«, sagte er. »Ich war ja auch mal ein Kind. Aber jetzt bin ich erwachsen und ich bin hier für euch verantwortlich. Und ich habe nicht die geringste Lust, für euch Knallköpfe den Krankenwagen zu holen.«

Fritzi stieß Lotte mit dem Ellenbogen an. »Er meint wohl Kahlköpfe«, sagte sie und Lotte kicherte.

»Krankenwagen … So schlimm war das ja nun auch nicht«, murmelte Frederik.

Winfried hatte ihn gehört. »Noch nicht«, meinte er. »Zum Glück. Doch das kann sich ja noch ändern. Ich habe mitgekriegt, dass Memoli auch noch eine Mutprobe bestehen soll.« Er wandte sich Memoli zu. »Ich sag dir eins, Mohamed Ali: Von mir aus kannst du beweisen, was für ein toller Hecht du bist. Aber nicht hier im Hort! Ist das klar?«

»Is klar.« Memoli nickte treuherzig. Als sich Winfried wegdrehte, beugte er sich zu Erkan, der ihm was ins Ohr raunte. Memolis Gesicht verfinsterte sich und er tuschelte zurück.

»Wolltest du noch was sagen?« Winfried schaute die Jungen misstrauisch an. Es fuchste ihn, wenn die beiden Türkisch redeten und er nichts mitbekam.

»Nö«, meinte Memoli, obwohl er zehn Sekunden später wieder mit Erkan tuschelte. Über irgendwas schien er sich aufgeregt zu haben.

Hanan, die einen halben Meter weiter auf dem Teppichboden saß, versuchte, nicht allzu auffällig zu lauschen. Kaum hatte Winfried die Runde aufgelöst, da flitzte sie zu Lotte, Fritzi und Liev, die schon wieder unterwegs in den Garten waren.

»Ich hab was gehört, was Wichtiges«, flüsterte sie

aufgeregt und zog die anderen Richtung Baumhaus. Doch dort hockten bereits Frederik und Erkan und grinsten die Mädchen frech an.

»Weggegangen, Platz vergangen«, trötete Frederik.

»Doof bleibt doof«, antwortete Fritzi. Dann setzten sich die vier auf den Rand der Sandkiste, wo nur ein paar der Kleinsten aus der Krümelgruppe vor sich hin buddelten.

»Na, sag schon«, drängelte Lotte.

Hanan machte eine verschwörerische Miene. »Memoli soll eine Mutprobe machen, die er auf keinen Fall machen will. Und deshalb hat Erkan ihn Feigling genannt.«

»Memoli ist vielleicht nur nicht so blöd, auf den Küchenboden zu kotzen«, meinte Lotte.

»Was soll er denn tun?«, fragte Liev.

Hanan zwirbelte ihre langen schwarzen Haare um den Finger. »Das hab ich nicht genau verstanden. »Aber er hat gesagt, da isst er lieber ein Sandwich mit toten Spinnen.«

»Iiiih!« Die Mädchen kreischten auf.

»Oder mit Regenwürmern«, ergänzte Hanan.

»Uaaah!«

»Macht er bestimmt nicht«, sagte Lotte. »Er ist doch nicht plemplem.«

Hanan kicherte. »Na, egal. Erkan hat jedenfalls gemeint, entweder er erfüllt seine Aufgabe oder er ist kein Wilder Wolf mehr. Und da hat Memoli geantwortet, dass er sich's noch mal überlegt.«

»Und jetzt?« Lotte sah nachdenklich aus.

Hanan stand auf und klopfte sich den Sand von der Hose. »Jetzt gehen wir in den Arbeitsraum und machen Hausaufgaben.« Sie stupste Lotte und Liev an. »Na los, morgen schreiben wir die Mathearbeit. Wir wollten doch üben.«

Fritzi grinste, weil die 4b nämlich keine Arbeit schrieb. »Viel Spaß«, sagte sie. Doch dann ging sie freiwillig mit den anderen hinein, um sich an ihre Hausaufgaben zu setzen.

Natürlich kamen die Mädchen kaum zum Arbeiten, weil sie immer wieder aus dem Fenster schauten, um nach den Wölfen zu gucken. Doch von denen war nichts mehr zu sehen.

»Ich glaube, die sind schon nach Hause gegangen«, meinte Fritzi. »Nur Memoli ist noch da. Ich würde zu gerne rauskriegen, was der für eine Mutprobe machen muss.«

Als sie schließlich ihre Bücher zuklappten und in die Ranzen packten, war auch Memoli verschwunden. Die Mädchen wollten sich schnell von Winfried verabschieden, doch der hielt sie zurück.

»Hört mal, ihr vier«, sagte er. »Es ist wunderbar, dass ihr euch so gut versteht, aber ...« Er sah von einer zur anderen. »Aber wir möchten nicht, dass ihr euch zu sehr aus der Gruppe herauszieht. Das schafft nur schlechte Stimmung.«

Lotte warf Liev einen schnellen Blick zu. Hatte Winfried etwa doch Wind davon bekommen, dass sie sich schon mehrmals verpieselt hatten? Liev zuckte kaum merklich die Schultern.

Winfried sprach schon weiter. »Also seht zu, dass ihr euer Bandenleben ein bisschen einschränkt, okay?«

»Ja, okay …« Mit schiefem Grinsen nickten die Mädchen Winfried zu und sausten davon.

»Einschränken?«, fragte Hanan, als sie vor der Kita standen. »Was heißt denn das?«

Fritzi grinste. »Nix Gutes. Aber das kann uns egal sein. Wir sind nämlich durch nichts zu stoppen!« Sie packte die Riemen ihres Ranzens mit den Fäusten und rannte vorweg.

Das erste Stück ihres Heimwegs liefen sie gemeinsam, bis sich beim Supermarkt ihre Wege trennten. Hanan ging in Richtung der Hochhäuser, Liev am Minigolfplatz vorbei und Fritzi und Lotte konnten noch bis zur großen Kreuzung zusammenbleiben.

»Tschüss, Fritzi, bis morgen!« Lotte rannte los. Vielleicht war Papa schon zu Hause; er wollte heute früher mit der Arbeit Schluss machen und ihr vielleicht das Schachspielen beibringen.

Doch dann stutzte sie. War da nicht einer hinter

ihr, der im selben Tempo wie sie lief? Sie schaute über die Schulter und sah gerade noch, wie jemand versuchte, sich hinter einem Lieferwagen zu verstecken. Mit einem unguten Gefühl ging sie weiter und drehte sich plötzlich blitzschnell um. Es war Memoli, der sie da verfolgte! Sie blieb stehen und wartete auf ihn, die Arme vor der Brust verschränkt.

»Wieso schleichst du mir nach?«, fragte sie, als er mit rotem Kopf vor ihr stand.

»Das ist ja wohl kein Schleichen, wenn man so rennen muss«, antwortete Memoli. Seine langen Wimpern flatterten. Klar, ihm war es peinlich, erwischt zu werden.

Lotte sah ihn an und da konnte sie gar nicht anders als lächeln, egal, ob er nun ein Wilder Wolf war oder nicht.

Memoli deutete mit dem Kinn zu ihrer Schramme auf der Stirn. »Tut's noch weh?«

»Nö, nicht besonders.« Lotte wartete, ob Memoli noch was fragen wollte. Die Sekunden dehnten sich wie Kaugummi. »Ist noch was?«, fragte sie schließlich.

Memoli starrte auf die Spitzen seiner schmutzigen Turnschuhe. »Ach, nichts«, murmelte er.

»Nun sag schon.« Jetzt musterte auch Lotte verlegen ihre Flipflops.

»Ich wollte nur wissen …« Memoli brach ab. Dann hob er den Kopf. »Macht ihr eigentlich auch eine Abschlussfeier mit eurer Klasse?«, fragte er.

Lotte guckte erstaunt. War er hinter ihr hergelaufen, um über Schulfeiern zu sprechen? »Klar«, sagte sie. »Macht doch wohl jede Klasse, wenn die Grundschule zu Ende geht, oder?«

Memoli zuckte die Schultern und stopfte die Fäuste tief in die Hosentaschen. »Weiß nicht. Ja, also, ich wollte nur … also … is' jetzt auch egal. Bis morgen dann.« Und schon drehte er sich um und sauste die Straße hinunter. Er hatte die Turnschuhe nicht zugebunden, sodass seine Schnürsenkel über den Gehweg fegten.

Lotte sah ihm nach, bis er um die Ecke bog. Merkwürdig. Was hatte Memoli eigentlich von ihr gewollt? So richtig schlau wurde sie nicht aus ihm. Aber trotzdem kribbelte es in ihr vor Freude wie Brausepulver. Einfach nur, weil er ihr nachgelaufen war.

Wie die Piraten

»Manno«, schimpfte Fritzi und knallte ihren Ranzen auf den Boden, »da ist er ja schon wieder!« Sie warf Memoli, der neben der Eingangstür der Schule an der Wand lehnte, einen bösen Blick zu. Dann wanderte dieser Blick zu Lotte. »Der hat hier gar nichts zu suchen.«

Die beiden Mädchen standen auf dem Schulhof und warteten auf Liev und Hanan, um gemeinsam zum Hort zu gehen.

Lotte kehrte Memoli den Rücken zu. »Na und, kann ich doch nichts für, wenn der hier rumlungert.« Sie spürte ein Ziehen im Magen. Hätte sie bloß Fritzi nicht erzählt, dass Memoli ihr vom Hort aus gefolgt war. Jetzt war die sauer auf sie. Und deshalb musste Lotte ihre Freude über Memolis Auftauchen verstecken, als wenn das etwas Verbotenes wäre. Ach, alles wäre einfacher, wenn Memoli kein Wilder Wolf wäre. Vielleicht würde er diese Mutprobe ja wirklich nicht machen. Vielleicht war es das, was er ihr sagen wollte? Dass er darauf verzichtete, bei den blöden Wölfen mitzumachen … Vielleicht sogar ihr zuliebe …

Lotte drehte sich um und wollte zu ihm hinüberluschern. Doch er war nicht mehr da. Na ja, auch gut. Sie winkte Hanan und Liev zu. »Da seid ihr ja endlich!«

»Ich hab meine Flipflops nicht gefunden.« Hanan wedelte damit in der Luft herum. »Liev hat mir beim Suchen geholfen.«

Lotte und Fritzi grinsten. Hanan konnte nämlich in ihren Flipflops nicht ordentlich gehen. Sie stolperte ständig über ihre eigenen Füße. Meistens zog sie ihre Latschen gar nicht erst an, sondern lief nur barfuß herum, mit den Flipflops in der Hand.

»Zum Tanzen ziehen wir aber Turnschuhe an«, sagte sie. »Wir wollen doch heute unsere Nummer für das Abschiedsfest üben, oder?«

Fritzi schob die Unterlippe vor. »Und ich?«

Lotte hakte sich bei ihr ein. »Denk du dir doch was für euer Fest aus«, schlug sie vor.

Doch ganz allein hatte Fritzi dazu keine Lust. Nach dem Mittagessen ging sie mit ihren Freundinnen in den Toberaum und sah zu, wie die einen Hip-Hop-

Tanz einstudierten. Sie hockte sich neben die Musikanlage und drehte die Boxen ordentlich auf.

Natürlich steckten auch die Wölfe ihre Nasen zur Tür herein. Der rundliche Erkan wackelte mit dem Hintern im Takt und die anderen drei gackerten.

»Die Flipflops sehen aus, als ob sie Juckpulver in der Hose haben«, spottete Frederik.

»Ja, total affig«, kicherte Anna-Lena und strich sich durch ihre langen rotblonden Haare.

Lotte drehte sich um. »Die einzig Affige bist du«, sagte sie und dabei warf sie einen schnellen Blick zu Memoli hinüber, der neben Anna-Lena im Türrahmen stand. Er schien sich ganz wohl neben ihr zu fühlen.

Fritzi hatte Lottes Blick mitbekommen. Sie streckte Anna-Lena die Zunge raus.

Mit den Wölfen als Zuschauer konnten sich die Mädchen nicht mehr auf ihren Tanz konzentrieren.

»Lasst uns endlich in Ruhe!«, schrie Lotte und dann schoben sie mit vereinten Kräften die Wilden Wölfe aus dem Toberaum hinaus. Fritzi wurde dazu abkommandiert, draußen Wache zu halten.

Während Frederik, Erkan und Anna-Lena lachend in den Garten rannten, stellte sich Memoli neben Fritzi, die Arme über der Brust verschränkt. »Wann ist denn eigentlich das Fest?«, fragte er.

Fritzi warf ihm einen hochnäsigen Blick zu. »Weiß

ich doch nicht«, flötete sie. »Ich bin ja nicht eingeladen. Genauso wenig wie du.«

»Als ob ich da freiwillig hingehen würde«, antwortete Memoli und dann lief er seinen Leuten hinterher.

Lotte hätte Fritzi nur allzu gerne dabeigehabt, beim Proben, beim Vortanzen und bei der ganzen schönen Abschiedsfeier der 4a. Sie freute sich auf die neue Schule, wo sie bestimmt mit Fritzi in eine Klasse kommen würde. Aber sie war auch ein bisschen wehmütig, dass die Grundschulzeit zu Ende war. Deshalb sollte das Fest eine richtig tolle Feier werden. Es würde ein Lagerfeuer im Schulgarten geben und einen Grill für Würstchen und Schaschlik. Und eine supertolle Hip-Hop-Aufführung.

Nach zehn Minuten wurde es Fritzi langweilig und sie öffnete die Tür zum Toberaum. »Los, kommt«, sagte sie zu Lotte, Liev und Hanan, die immer noch fleißig übten. »Wir verdrücken uns alle vier in den Räuberwald. Winfried ist doch schwer beschäftigt, der wird uns nicht vermissen.«

Es stimmte – Winfried hatte trotz seiner mahnenden Worte von gestern vor allem die Wölfe auf dem Kieker. Um sie von ihren Mutproben abzulenken, hatte er im Garten die kleinen Tore aufgebaut und spielte mit ihnen Fußball.

»Na, was habt ihr vor? Wollt ihr nicht mitmachen?«,

rief er den Mädchen zu, als sie an ihm vorbeischlenderten.

Fritzi log, ohne rot zu werden. »Wir? Nee … also … Lotte, Hanan und Liev, die müssen ein Gedicht auswendig lernen. *Herr von Ribbeck* – das ist schrecklich lang und altmodisch. Ich soll sie abfragen.«

»Warum nehmt ihr nicht Anna-Lena mit?«, meinte Winfried. »Ich glaube, die ist nicht besonders scharf aufs Fußballspielen.«

»Nein danke«, schnaubte Anna-Lena. Sie trat so heftig gegen den Ball, dass sich Winfried, der im Tor stand, ordentlich langmachen musste. Wie ein gefällter Baum landete er auf dem Rasen. Und noch ehe er sich aufgerappelt hatte, waren die Flipflop-Mädchen entwischt.

»Richtig super, dass Sylvia immer noch krank ist«, meinte Fritzi mitleidlos, als sie sich durch den Zaun zwängten.

Lotte sah sich noch ein paarmal mit schlechtem Gewissen um. Keine Ahnung, wie Fritzi es hinkriegte, so frech zu sein.

Auf dem Weg durch den Wald machte Fritzi eine wichtige Miene. »Hey, ich weiß jetzt, wie wir das Seil nach oben auf den Hochsitz kriegen«, sagte sie. »Wir müssen ans eine Ende was Schweres binden, und dann werfen wir es so hoch, dass es auf der anderen Seite wieder runterfällt.«

»Das hält doch nicht«, meinte Liev.

»Doch, wenn drei es gut festhalten, kann die Leichteste nach oben klettern.«

»Das ist Liev«, meinte Lotte.

»Ich … also …« Liev guckte nicht gerade begeistert.

Hanan erlöste sie. »Ich bin kaum schwerer als du. Ich kann das machen«, sagte sie.

Fritzis Plan klappte wunderbar. Lotte, die am besten werfen konnte, schleuderte ihre Flipflops mit Schwung über die Brüstung des Hochsitzes. Und schwupps! fiel das Seil, das sie an die Latschen geknotet hatte, auf der gegenüberliegenden Seite zu Boden. Die drei Mädchen hielten es fest in den Händen und Hanan kletterte flink wie ein Äffchen am anderen Ende nach oben.

»Nicht loslassen!«, rief sie, als sie den Hochsitz fast erreicht hatte und schon ein ganzes Stück über den Brombeeren schwebte. Die drei Freundinnen grinsten zu ihr hoch.

»Hey! Warum hast du so viele Nudeln gegessen?«

»Du wiegst mindestens zwei Zentner, Hanan!«

»Gleich hast du's geschafft.«

Tatsächlich. Mit einem Schnaufer schob sich Hanan auf den Hochsitz und winkte erleichtert nach unten. »Hier ist Platz genug für uns alle«, rief sie. »Ich binde das Seil jetzt fest und dann kommt ihr nach.«

Kurz darauf standen alle vier Mädchen im Hochsitz und bewunderten die Aussicht über die Lichtung und den halben Räuberwald hinweg.

»Wie schön das ist«, meinte Liev. »Viel schöner noch als im Baumhaus.«

»Ja«, sagte Lotte stolz, »das ist wirklich ein großartiges Geheimversteck!«

»Hierhin kommt niemand, ohne dass wir ihn sehen. Und hoch kommt auch so schnell keiner!« Fritzi trat mit dem Fuß gegen das obere Ende der morschen Leiter, die daraufhin in sich zusammenbröckelte wie eine Salzstange.

»Rattatazong!«, machte Hanan und lachte. »Jetzt kann man nur noch am Seil hoch.«

Eine Weile standen die Mädchen nebeneinander in ihrem Ausguck und fühlten sich wie die Piraten, die ein fremdes Schiff erobert hatten. Doch dann holte Liev ihr Handy aus der Tasche und schaute auf die Uhr. »Ich glaube, wir müssen zurück«, mahnte sie. »Ewig werden die auch nicht Fußball spielen.«

So rutschte eine nach der anderen mit den Beinen zuerst über den Hochsitz und hangelte sich wieder auf den Waldboden. Das Seil wickelten sie dicht um ein Bein des Hochsitzes, damit es nicht so verräterisch in der Luft baumelte.

»Morgen bringen wir Vorräte und Decken mit, sonst ist es kein richtiges Hauptquartier«, sagte Fritzi. »Das wird wunderbar.«

Dann hopsten und sprangen sie über die Lichtung. Und durch den Wald schallte ein übermütiges »Lang lebe die Flipflop-Bande!«.

Goldene Regeln

In den nächsten Tagen richteten die vier ihr Hauptquartier ein, sodass es zwar eng, aber richtig gemütlich wurde. Sie warfen das vertrocknete Laub hinaus, das sich dort gesammelt hatte, wischten Staub und Spinnweben weg, schleppten alte Wolldecken und Kissen aus dem Hort herbei und legten einen hübschen Vorrat an Gummibärchen, Keksen und Kakaotüten an. Wie eine Vogelschar im Nest hockten sie dort oben, luftig und sicher.

»Was machen wir mit unserer Fahne?«, fragte Hanan und hielt die selbst genähte Flagge mit dem Drachenwappen in die Luft. »Wenn wir die aufhängen, sieht man ja unser Hauptquartier schon von Weitem.«

»Wir hängen sie hier drinnen auf«, schlug Lotte vor. »Als Wandteppich.«

Hanan hatte eine Spardose mitgebracht, die wie eine Schatztruhe aussah. »Da kommen unsere Geheimdokumente rein«, sagte sie und zeigte den anderen den winzigen Schlüssel, mit dem man die Truhe verschließen konnte.

»Was für Dokumente?«, fragte Liev.

»Na, die goldenen Regeln unserer Bande. Ohne die kann man keine Bande gründen, hat mein Bruder gesagt.«

Fritzi strahlte. »Ja, genau! Und wir müssen sie mit unserem Blut unterschreiben – wir machen ein Ratsch mit dem Taschenmesser.« Sie hob den Zeigefinger und wischte sich damit über den linken Daumen. »Das kann ich morgen mitbringen.«

»Oh nee!« Liev protestierte, und Hanan zeigte Fritzi einen Vogel.

Auch Lotte runzelte die Stirn. »Ich tu mir doch nicht selber weh«, sagte sie.

Fritzi maulte, weil sie das mit dem Blut für oberwichtig hielt. »Ich wette, die Wilden Wölfe haben das auch so gemacht«, sagte sie.

»Das kann uns doch egal sein.«

Nein, die anderen drei gaben nicht nach und Fritzi musste sich geschlagen geben. Schließlich einigten sie sich darauf, sich gegenseitig eine Haarsträhne abzuschnibbeln und daraus einen Zopf zu flechten, als Symbol ihrer Verbundenheit.

Über die goldenen Regeln, die Hanan in Schönschrift auf einen Zettel schrieb, gab es zum Glück weniger Diskussion. Denn die wichtigsten Sätze waren schnell gefunden:

1. *Treue und Freundschaft bis in alle E~~h~~wigkeit*
2. *Eine für alle, alle für eine*
3. *Die Bande ist total geheim*

»Ewigkeit schreibt man mit ohne h«, meinte Liev, während sie als Letzte der vier ihren Namen unter die Liste setzte. »Jetzt musst du's noch mal schreiben.«

»Quatsch.« Hanan strich den falschen Buchstaben durch, rollte den Zettel zusammen, schob ihr Zopfgummi drüber und legte die Rolle in die Schatztruhe.

»Von nun an sind diese Regeln unser Gesetz«, sagte Fritzi und klopfte auf die Schatztruhe. Sie machte ein Gesicht wie Herr Abisch, wenn er ein Kind beim Schummeln erwischt hatte.

»Was passiert denn, wenn eine gegen die Regeln verstößt?«, fragte Liev. Die vier Mädchen sahen sich an.

»Das wird nie passieren!«

»Und wenn doch?«

»Dann fliegt sie aus der Bande!« Fritzis Miene wurde noch ein bisschen strenger.

Für einen Moment hing ein fast düsteres Schweigen in der Luft. Bis Lotte den Apfelknust, an dem sie knabberte, in hohem Bogen aus dem Hochsitz warf. »Und zwar genau ins Brombeergebüsch!«, rief sie und alle lachten.

»Wir müssen uns auch noch eine Mutprobe ausdenken. Was ganz Schreckliches!« Das war natürlich Fritzi.

»Muss das sein?« Liev guckte schon wieder ängstlich.

»Klar, du Fruchtzwerg!« Fritzi rollte mit den Augen.

»Ich weiß auch schon, was«, kicherte Lotte und stupste Liev an. »Jedenfalls findet Fritzi das ganz schrecklich: Durchkitzeln!« Schon stürzte sie sich auf ihre beste Freundin und pikte sie in die Seite. Fritzi quiekte, und als jetzt auch noch Hanan und Liev mitmachten, kreischte und zappelte Fritzi, dass der Hochsitz nur so wackelte und die Vögel erschreckt von den Bäumen aufstoben.

Zum Schluss lagen alle vier dicht nebeneinander auf der Wolldecke und japsten nach Luft.

»Wisst ihr«, meinte Hanan, »eigentlich ist es doch schon mutig genug, dass wir uns vom Hort wegschleichen, finde ich.«

»Genau«, antwortete Lotte. »Die Wölfe würden sich das bestimmt nicht trauen. Die glauben, sie wären die Größten, weil sie jetzt das Baumhaus besetzt haben.«

»Ach, die …« Fritzi machte eine wegwerfende Handbewegung, »die sind doch harmlos wie Kaninchen.« Sie rümpfte die Nase und mümmelte mit der Oberlippe, sodass die anderen drei in Lachen ausbrachen.

Ja, die Flipflops waren die tollste und beste Bande aller Zeiten und Lotte war überglücklich, dass sie dazugehörte.

Dicke Luft und wirre Gedanken

Leider gab es noch ein Leben jenseits der Flipflop-Bandenwelt. Und deshalb konnten sich Lotte, Fritzi, Hanan und Liev am Donnerstag nicht aus dem Hort schleichen. Erstens hatte Winfried beim Mittagessen mit einem misstrauischen Stirnrunzeln gesagt, dass einige Mädchen sich manchmal in Luft aufzulösen schienen. Und zweitens wollten die drei aus der 4a noch einmal ihren Tanz üben. Die Abschiedsfeier war ja schon am Freitagnachmittag!

Doch Lotte war nicht bei der Sache. Sie war in Gedanken noch auf dem Pausenhof, wo Memoli wieder nach Schulschluss aufgetaucht war. Er hatte sich schnell weggedreht, als sie ihn entdeckte, und so getan, als ob er irgendwas am Schwarzen Brett lesen würde. Lotte hatte ihm angesehen, wie verlegen er gewesen war. Sie hätte gerne mit ihm geredet. Aber sie hatte sich nicht getraut, ihn anzusprechen, weil Fritzi, Hanan und Liev schon im Anmarsch gewesen waren.

»Hey, Lotte, du tanzt wie ein Pinguin.« Hanan stupste sie an die Schulter. »So blamieren wir uns morgen.«

»Ich werde heute Abend noch mal üben«, versprach Lotte und versuchte, sich auf die Musik zu konzentrieren. Nachdem sie fertig waren, steckte sie sich die CD in ihren Ranzen.

Als sie jedoch zwei Stunden später nach Hause kam, war ihr nicht mehr nach Tanzen zumute. Mama und Papa waren beide schon von der Arbeit zurück. Und Lotte hatte kaum Hallo gesagt, da merkte sie, dass die Luft in der Wohnung so dick war, dass man sie in Scheiben hätte schneiden können. Die Eltern saßen sich am Esstisch gegenüber und diskutierten. Jedenfalls nannte Papa das so. Lotte fand, es hörte sich wie Streiten an.

»Lass uns bitte mal einen Moment allein, Charlotte«, sagte Papa. Er machte ein Gesicht, als hätte er Zahnschmerzen, und Mama sah aus, als ob sie gleich weinen würde.

Lotte verzog sich in ihr Zimmer und legte sich bäuchlings aufs Bett. Ach Mensch, in letzter Zeit war es einfach nicht mehr so gemütlich zu Hause. Mama und Papa waren irgendwie merkwürdig geworden.

Lotte spürte doch ganz genau, dass sie sich immer wieder stritten. Auch wenn sie so taten, als wäre alles in Ordnung.

Seufzend grub Lotte das Gesicht in ihr Kissen. Wäre sie bloß noch im Hort geblieben, so wie Hanan, die donnerstags immer blieb, bis die Kita geschlossen wurde. Sie presste die Augen zusammen und versuchte, an was Schönes zu denken. An die leckere Pizza, die sie heute im Hort selbst gemacht hatten, an den Wald, der so wunderbar duftete, und an ihr tolles Hauptquartier. An die Flipflop-Bande, vor allem an Fritzi, ihre allerbeste Freundin. Und an Memoli.

Es klopfte leise an ihre Zimmertür, so vorsichtig, dass sie es fast nicht gehört hätte. Bevor sie noch »Herein« rufen konnte, saß Papa bei ihr auf der Bettkante.

»Na, Lottchen«, sagte er, »bist du müde?«

Lotte brummelte irgendwas in ihr Kopfkissen.

Er strich ihr über die zerzausten Haare. »Gibt's was Neues, mein Wildfang?«

Lotte zuckte mit den Schultern. Die Bande gab's ja schon seit einer Woche, auch wenn Papa davon nicht viel mitgekriegt hatte. Aber dass Memoli ihr seit Neuestem hinterherlief und sogar bei ihr in der Schule auftauchte – das hatte sie ihm noch nicht erzählt.

Lottes Vater hörte sich alles genau an. »Tja«, sagte er

dann. »Der Fall scheint mir klar zu sein. Memoli mag dich, Lotte. Was ich gut verstehen kann …«

»Meinst du?«

Ihr Vater lächelte. »Warum sollte er dir sonst nachlaufen? Im Hort traut er sich nicht an dich ran, wenn all die anderen Kinder da sind. Und er weiß ja nicht, ob du ihn auslachen würdest. Oder ob du ihn auch magst.«

Lotte zog die Augenbrauen zusammen. Papa musste doch wohl wissen, dass sie Memoli früher sogar zum Geburtstag eingeladen hatte. »Natürlich mag ich ihn!«

»Hast du ihm das mal gesagt?«

Lotte prustete los. »Nee, natürlich nicht. Das kann ich ihm doch nicht einfach so sagen.«

Jetzt seufzte ihr Vater. »Ja, Lottchen, ich weiß schon. Manchmal ist es schwer, über Gefühle zu sprechen. Egal, ob man jemandem sagen will, dass man ihn sehr gerne hat oder dass man ihn nicht mehr wirklich lieb hat.«

Lotte zog die Knie dicht an den Körper und schaute ihren Vater mit großen Augen an. So ernst hatte er noch nie mit ihr geredet. Er stand auf und ging zum Fenster hinüber. »Man muss lernen, zu seinen Gefühlen zu stehen, auch wenn es manchmal schrecklich kompliziert ist«, hörte sie ihn sagen und ihr Herz wurde auf einmal schwer.

»Papa …«, sagte sie vorsichtig. »Neulich hast du gesagt, man kann sich in jedem Alter verlieben. Hast du das ernst gemeint?«

Ihr Vater nickte, dann kam er zum Bett zurück und gab ihr einen Kuss. »Eines musst du wissen, Lotte. Dich werde ich immer und ewig lieb haben, ganz egal, was passiert«, sagte er. Dann war er zur Tür hinaus.

Lotte blieb auf dem Bett liegen, die Arme im Nacken verschränkt, und schloss die Augen. Sie war noch nicht müde. Aber sie war ziemlich durcheinander von all den wirren Gedanken, die in ihrem Kopf kreiselten. Und vor manchen dieser Gedanken hatte sie einen richtig großen Bammel.

Eine Bombe platzt und Würstchen verschwinden

Der Tag der Abschiedsfeier war da. Am Vormittag hatte die 4a nur drei Stunden Unterricht. Dann durften sie den Klassenraum schmücken, wofür jeder etwas mitgebracht hatte. Lotte kam mit einer Glitzergirlande an, die leuchtete, wenn man sie an die Steckdose anschloss. Wow, fast wie in der Disco! Das würde eine Superfeier werden!

Mama und Papa hatten beide früher mit der Arbeit Schluss gemacht. Und so ging Lotte am Nachmittag Hand in Hand mit ihren Eltern über den Schulhof, auf dem schon der Grill aufgebaut war. Sie zappelte mit den Armen und hopste, sodass ihre Mutter lachen musste.

»Du bist ja genau so durch den Wind wie bei deiner Einschulung, Lotte«, sagte sie.

Papa drückte ihr einen Kuss auf die Stirn. »Abschiednehmen ist schwer. Aber das heißt ja auch, dass etwas Neues anfängt«, sagte er. Und dieser Satz klang schon wieder, als meinte Papa damit was ganz Wichtiges. Aber Lotte wollte so etwas nicht hören. Sie ließ die Eltern stehen und rannte auf Hanan und Liev zu, die vor dem Klassenraum warteten.

Ein paar Minuten später ging es los, ein Programmpunkt folgte auf den nächsten. Vor lauter Aufregung kam Lotte gar nicht zum Nachdenken. Als Erstes hielt Herr Abisch eine Ansprache, in der es auch um Abschied und Neuanfang ging, und die Elternvertreter mussten ebenfalls ziemlich lange Reden halten. Dann gaben die Klassensprecher Herrn Abisch die Mappe mit den Fotos, die die Kinder für ihn gebastelt hatten, und danach sangen alle zusammen ein paar Lieder. Schließlich waren Lotte, Hanan und Liev mit ihrem Hip-Hop dran. Zuerst funktionierte die Musikanlage nicht, dann stolperte Liev über ein Kabel. Doch zu guter Letzt klappte alles ganz wunderbar und die drei tanzten, als hätten sie in ihrem Leben nichts anderes gemacht. Als der Applaus aufbrandete, sah Lotte stolz zu ihren Eltern hinüber. Sie saßen nebeneinander und strahlten um die Wette. Ach, bestimmt würde alles wieder gut werden!

Und genau in diesem Moment platzte die Bombe. Es war natürlich keine richtige Bombe, nicht einmal eine Stinkbombe. Aber sie ruinierte die ganze schöne Abschiedsfeier, jedenfalls für Lotte. Denn gerade, als in Lottes verwirrtem Herzen alles friedlich und glücklich war, wurde die Tür aufgerissen und ein kleiner Teufel sprang mitten in den Raum. Ein zotteliges Tier mit schwarzen Haaren, braunem Fell über den Schultern, das Gesicht mit Schminke verschmiert.

»Verflucht seien alle Steinwegkinder!«, schrie das düstere Wesen. Und jetzt erkannte Lotte, dass das kein Teufel war, sondern ein Wolf. Ein Wolf mit glühenden schwarzen Augen, die sie immer wunderschön gefunden hatte. Es war Memoli! Memoli, der Wilde Wolf, der Feind der Flipflop-Bande.

Mit einem Mal wusste Lotte, warum Memoli in ihrer Schule herumgelungert hatte. Es war nicht wegen ihr gewesen, weil er sie gernhatte. Nein, er hatte herausfinden wollen, wann und wo das Fest stattfand. Nur, um es kaputt zu machen! Das war also seine Mutprobe!

Noch während ihr all diese Gedanken durch den Kopf sausten, war Memoli schon wieder aus dem Klassenzimmer verschwunden. Einen Augenblick später sahen sie durch das offene Fenster das zottelige Wesen auf dem Schulhof auftauchen. Dort, wo der Grill stand, auf dem schon die Holzkohle glühte. Und unter dem Tisch lagen die Würstchen in einem Karton gestapelt.

Es dauerte nur wenige Sekunden, dann hatte sich Memoli den Karton geschnappt und rannte damit über den Schulhof zu den Fahrradständern. Da waren ja auch Erkan, Frederik und Anna-Lena! Die Jungs bejubelten Memoli wie einen Helden und klatschten sich mit ihm ab. Und Anna-Lena legte ihm den Arm um die Schultern. Memoli warf den Karton in Anna-Lenas Fahrradkorb und schon sausten die vier auf ihren Rädern davon.

Wie ein Spuk war das gewesen, wie ein schlechter Traum. Lotte, Hanan und Liev und all die anderen im Klassenraum standen noch erschrocken da, als von den Wölfen nichts mehr zu sehen war.

»Das gibt's doch nicht …« Herr Abisch schüttelte den Kopf. »Wer war das denn?«

Niemand antwortete ihm. Stattdessen brach ein Tumult aus. Alles redete durcheinander und schimpfte und fluchte. Einige Eltern lachten, die fanden das wohl irgendwie komisch. Vielleicht hielten sie das Ganze für ein einstudiertes Theaterstück. Sie standen am Fenster und schienen zu erwarten, dass die Diebe zurückkamen.

Aber sie kamen nicht zurück, weder die Diebe noch die Würstchen. Der 4a blieb nichts anderes übrig, als sich mit den wenigen Schaschlikspießen zu begnügen, die Memoli nicht geklaut hatte. Und mit trockenen Brötchen, Ketchup und Kartoffelsalat. Immer noch gab es einige Erwachsene, die den Überfall für einen witzigen Streich hielten. Aber Lotte nicht. In ihr brodelte und brutzelte die Wut. Die Wut und die Enttäuschung. Diese hinterhältigen Wölfe! Dieser gemeine Memoli! Wie hatte sie nur so auf ihn reinfallen können? Nie im Leben würde sie ihm das verzeihen! Nie!

Das schreit nach Rache

»Lotte, Lotte, das ist doch alles nicht so schlimm.« Mama saß mit Lotte im Wohnzimmer auf dem Sofa, den Arm um ihre Schultern gelegt, und drückte sie an sich. »Es waren doch nur Würstchen. Sicher sollte es ein Spaß sein.«

»War es aber nicht!« Lotte biss sich auf die Unterlippe. »Außerdem ist es schlimm, wenn jemand so ein mieser Heuchler ist.«

Lottes Mutter seufzte. »Trotzdem kannst du jetzt nicht mehr los, Lotte. Es ist ja schon fast dunkel draußen. Und du musst nach all der Aufregung mal zur Ruhe kommen.«

»Aber wir wollen unsere Würstchen zurück. Und wir wollen Rache!«

»Durch Rache wird alles nur noch schlimmer.«

»Na und?!« Lotte stand auf. »Ich rufe jetzt Hanan und Liev an, damit wir einen Plan machen können. Und Fritzi auch.«

Doch natürlich durften auch die anderen drei an diesem Abend nicht mehr raus. Ihnen blieb nichts anderes übrig, als bis zum nächsten Tag zu warten.

Am Samstagmorgen trafen sie sich gleich nach dem Frühstück auf dem Parkplatz des Räuberwalds. Noch auf dem Weg zum Hauptquartier ließ sich Fritzi erzählen, was bei der Feier geschehen war.

Vor Empörung hatte Fritzi ganz schmale Augen. »Vor allem der Fluch!«, sagte sie. »Der ist am schlimmsten. Man darf niemanden verfluchen.«

Hanan zupfte sie am Ärmel ihres T-Shirts. »Was ist denn eigentlich ein Fluch? Was kann denn da passieren?«

Fritzi guckte noch ein bisschen finsterer. »So genau weiß ich das auch nicht«, antwortete sie. »Aber es kann Unglück bringen, wenn man jemanden verflucht.«

Jetzt mischte sich Liev ein. »Meine Mutter sagt, das mit dem Fluch ist Aberglaube und ich soll mir deshalb keine Gedanken machen.«

»Ich glaub auch nicht dran«, meinte Lotte. »Aber es ist trotzdem eine stinkgemeine Sache gewesen. Die ganze Stimmung war im Eimer.«

Sie stapften hintereinander über den schmalen Pfad

am Weiher entlang. Vor lauter Unmut schlug Lotte mit einem dünnen Ast den Brennnesseln am Wegesrand die Blätter ab.

»Die können doch auch nichts dafür«, meinte Hanan, die hinter ihr ging.

Da blieb Lotte so plötzlich stehen, dass Hanan fast auf sie draufgelaufen wäre. »Wartet mal«, sagte sie. »Was wollen wir eigentlich in *unserem* Quartier? Wir müssen zum Hauptquartier der Wölfe. Da haben die doch bestimmt unsere Würstchen versteckt.«

»Und wo ist das?«, fragte Liev.

»Keine Ahnung«, antwortete Lotte.

Fritzi legte den Kopf schief. »Lasst uns doch mal überlegen …« Sie schaute Hanan an. »Hast du nicht mal irgendwas gehört, was uns weiterhelfen könnte?«

»Nein.« Hanan schüttelte den Kopf. »Höchstens …«

Die anderen machten erwartungsvolle Gesichter.

»Erkan hat neulich zu Memoli gesagt: Bis nachher am Platz«, fuhr Hanan fort.

»An welchem Platz?

»Vielleicht der Fußballplatz.«

»Klar, was sonst? Da hängen die doch ständig rum.«

»Aber nicht mehr, seit sie die Bande haben.«

»Wahrscheinlich, weil Anna-Lena Fußball doof findet.«

Hin und her gingen die Sätze, die Fragen und Vermutungen. Und plötzlich kniff Lotte die Augen zusammen, so wie bei einer schweren Matheaufgabe, wenn sie kurz vor der Lösung war.

»Seid mal still!«, rief sie. »Gleich hab ich's.« Sie reckte die geballte Faust in die Luft. »Ja, ich glaube, ich weiß, wo sie sind!«

»Nun sag schon.«

Lotte grinste. »Also, Anna-Lena hat doch damit geprahlt, dass sie ein total tolles Bandenquartier weiß – ich wette, nur deshalb haben die Jungs sie überhaupt mitmachen lassen. Und Anna-Lena war immer auf dem Minigolfplatz, weil der ihrem Opa gehörte. Hat sie doch auch mit angegeben.«

Hanan zuckte die Schultern. »Aber da kann man schon seit Ewigkeiten nicht mehr spielen. Da ist niemand mehr.«

»Eben! Nur noch das verlassene Kassenhäuschen. Es ist verriegelt, aber vielleicht hat Anna-Lenas Opa noch den Schlüssel. Das wäre doch ein tolles Hauptquartier, oder nicht?«

»Nicht so toll wie unseres«, meinte Liev.

Doch Fritzi klopfte Lotte anerkennend auf den Rücken. »Klar, das könnte es sein! Kennst du den Weg dorthin?«

»Logisch!«

»Dann nichts wie los!«

»Wir flippen, wir floppen!«

»Wir sind nicht zu stoppen!«

Und so liefen die vier Mädchen den Waldweg zurück in den Ort, durch die Schrebergartenanlage und von dort aus zum alten Minigolfplatz. Außer Atem kamen sie an dem Jägerzaun an, der die Bahnen umrahmte.

»Wir müssen uns anschleichen«, meinte Lotte, »von dem Häuschen aus können sie uns bestimmt …«

Weiter kam sie nicht, denn Hanan packte sie am Arm. Jetzt sah auch Lotte, was los war. Das heißt, als Erstes roch sie es: Vor dem baufälligen Kassenhäuschen stand ein selbst gebauter Grill, von dem es nur so qualmte. Auf dem Rost verkokelten die Würstchen. Die leckeren Biowürstchen, die für das Klassenfest bestimmt gewesen waren. Und davor lagen die vier Wölfe im Gras, vollgefressen und satt, wie die Raubtiere nach einem gelungenen Beutezug.

Eine Sekunde brauchten die Flipflop-Mädchen, um sich von dem Anblick zu erholen. Dann sprangen sie johlend über den niedrigen Zaun. Sie hatten keinen Plan, was als Nächstes passieren würde. Doch wenn die Wilden Wölfe nicht im selben Moment aufgesprungen und wie die Hasen davongerannt wären, hätte es sicher eine riesige Keilerei gegeben.

»Abhauen! Schnell!«, hörten sie Frederik brüllen.

»Wir kriegen euch, wir kriegen euch!«, schrie Fritzi.

Sie sprintete so los, dass sie Anna-Lena beinahe am Arm erwischt hätte. Aber nur beinahe. Denn im allerletzten Augenblick übersah sie eins der blöden Hindernisse der Minigolfbahn und fiel der Länge nach hin.

»Verdammt!« Fluchend rappelte sie sich auf. »Die sind weg! Wütend mussten die Mädchen mit ansehen, wie die Wilden Wölfe hinter der Anlage auf ihre Räder sprangen und verschwanden.

»Du blutest ja, Fritzi!« Liev zeigte auf das schmuddelige Grau der Golfbahn, wo sich rote Tropfen zeigten. »Du hast dir das Kinn aufgeschlagen.«

»Jetzt hast du einen schlimmeren Ratscher als Lotte von den Brombeeren«, meinte Hanan.

»Ist egal«, knurrte Fritzi und wischte sich mit dem Arm übers Gesicht. »Schaut mal lieber, was die mit euren Würstchen gemacht haben!« Sie humpelte zum Grill hinüber, auf dem die schwarzen Reste vor sich

hin schrumpelten. Mit spitzen Fingern angelte sie eines der Würstchen vom Grill. »Dieses könnte man vielleicht noch essen«, sagte sie.

Empört riss ihr Lotte das Würstchen aus der Hand und schmiss es zurück auf den Rost. »Manno, als wenn das ein Trost wäre …« Dann stopfte sie Memolis Käppi, das auf dem Boden lag, mitten in die rußigen Kohlen, die immer noch glühten. Hanan nahm Anna-Lenas Rucksack und pfefferte ihn in den Mülleimer neben dem Häuschen.

Liev guckte erschrocken. »Aber das können wir doch nicht machen«, meinte sie.

Lotte stemmte die Arme in die Seiten und ihre Augen funkelten. »Klar können wir das. Wir werden noch ganz andere Sachen machen. Denn das hier: Das schreit so laut nach Rache, dass man es auf dem Mond noch hört!«

Ein echter Flipflop-Plan

Am Montag war prächtiges Sommerwetter, doch im Hort herrschte Novemberstimmung. Sylvia war immer noch krank, Winfried musste sich um eins der Kinder kümmern, das Zahnschmerzen hatte, und beim Mittagessen rissen die Wölfe einen fiesen Witz nach dem anderen.

»Lecker, diese Tortellini«, säuselte Anna-Lena. »Aber längst nicht so gut wie Grillwürstchen, finde ich.«

Erkan grinste und rieb sich den Bauch. »Ich kann gar nicht viel essen. Ich bin immer noch pappsatt.«

»Schade eigentlich, dass wir die Hälfte von den Würstchen wegschmeißen mussten. Wieso waren das eigentlich so viele?«, meinte Frederik, und Anna-Lena und Erkan prusteten los.

Memoli lachte nicht. Unter seinen langen Wimpern

linste er zu Lotte hinüber. Doch das Gelächter der drei anderen dröhnte auch so laut genug durch den Essraum.

Es war nicht auszuhalten. Als Winfried auch noch freundlich fragte, wie denn eigentlich das Abschiedsfest am Freitag gewesen wäre, und die Wölfe gehässig grinsten, sprang Lotte auf.

»Kommt«, sagte sie zu den Freundinnen, »wir gehen raus. Mir ist die Luft hier zu miefig.«

Mit hoch erhobenen Köpfen marschierten sie an den Wölfen vorbei, brachten ihre Teller in die Küche und liefen nach draußen.

»Ich hasse diese unverschämten Wilden Wölfe. Ich krieg Pickel, wenn ich die sehen muss«, schimpfte Fritzi, als sie vor die Tür traten. »Lasst uns ins Hauptquartier verschwinden.«

»Alle vier?«

»Klar.«

Die Mädchen sahen sich kurz um. Die anderen waren noch im Essraum. Und so gaben sie sich nicht mal große Mühe, nacheinander zum Gartenhäuschen zu schleichen. Sie stapften zum Zaun und zwängten sich auf die andere Seite.

Lotte rannte wieder voraus. Wie schön das war, durch den Wald zu laufen. Allen Ärger konnte man dabei vergessen. Der Boden war so weich und federnd, es roch nach Sommer und in den Bäumen sangen die Vögel um die Wette. Die Blätter ließen die Sonnenstrahlen als flirrendes Muster auf den Wegen tanzen. Und ihr Hauptquartier war wirklich der beste Ort der Welt.

Eine nach der anderen kletterten sie auf den Hochsitz. Vorsorglich zogen sie das Seil ein, holten die Kekse aus dem Versteck und machten es sich auf ihren Kissen bequem.

»Irgendwas müssen wir gegen diese rotzigen Wölfe unternehmen«, sagte Fritzi mit vollem Mund.

»Wir könnten eine Stinkbombe in ihr Quartier werfen«, schlug Liev vor.

»Oder wir gucken nach, ob sie auch Vorräte gebunkert haben, und die klauen wir dann«, meinte Liev.

»Am besten wär's, wenn wir das ganze blöde Häuschen abfackeln«, grummelte Lotte.

Liev machte wieder ihre Dackelmiene. »Nee, Lotte«, sagte sie, »so was darf man nicht.«

»Mir doch egal. Würstchen klauen darf man auch nicht.« Lotte kaute auf ihrer Unterlippe. »Oder wir schneiden Anna-Lena ihre schönen Locken ab.«

Hanan legte plötzlich den Finger an den Mund. »Seid mal ruhig«, flüsterte sie. »Ich glaube, da kommt jemand.«

Tatsächlich. Es knackte im Unterholz. Und als sie aufstanden und über das Geländer spähten, sahen sie, wie sich die Zweige der Büsche weiter hinten verdächtig bewegten. Da schlich sich jemand an.

»Runter mit den Köpfen!« Fritzi duckte sich. Auch die anderen drei hockten sich hin.

Lotte plierte durch eines der Astlöcher des groben Holzes, aus dem der Hochsitz gezimmert war. Und plötzlich klopfte ihr Herz wie ein Buntspecht. Das konnte doch nicht wahr sein! Wo kam der denn auf einmal her? »Memoli«, murmelte sie. Und in diesem einen Wort steckte die ganze Enttäuschung darüber, dass er sich so gemein benommen hatte.

»Woher kennt der unser Hauptquartier?«, raunte Hanan.

Lotte zuckte die Schultern. »Keine Ahnung. Ich glaube, er weiß gar nicht, dass wir hier oben sind«, antwortete sie leise. »Wahrscheinlich soll er unser Versteck ausspionieren.«

Tatsächlich. Als Memoli von Busch zu Busch bis zum Rand der Lichtung geschlichen war, schaute er sich hinter einer Kiefer versteckt vorsichtig um. Er schien niemanden zu entdecken und so stand er schließlich auf und kam aus der Deckung. Er ging auf den Hochsitz zu, schaute aber zum Glück nicht nach oben. Die vier Mädchen wagten kaum zu atmen. Konnte er sie wirklich nicht sehen? Oder tat er nur so ahnungslos?

Jetzt schlenderte er mit den Händen in den Hosentaschen am Hochsitz vorbei, den Blick auf das Gestrüpp mit den Brombeeren gerichtet. Er pflückte ein paar der dicken schwarzen Brombeeren und setzte sich damit ins Gras, mit dem Rücken zum Hochsitz. Wollte der hier etwa picknicken? Vielleicht wartete er auf die anderen Wölfe? Die Mädchen sahen sich ratlos an. Es schien, als ob sie alle einen ähnlichen Gedanken hatten: Wenn die Wilden Wölfe erst mal zu viert waren, dann würden sie ganz schön festhocken in ihrem Hauptquartier.

»Wir müssen ihn verjagen«, flüsterte Liev. Ihre Stimme zitterte richtig vor Aufregung.

Doch Fritzi schüttelte den Kopf. »Nein«, flüsterte sie zurück. »Wir nehmen ihn gefangen!« Ihr Blick wanderte zu dem Stück Seil hinüber, das in einer Ecke des Hochsitzes lag. Es war der Rest des Kletterseils, den sie abgeschnitten hatten. »Ich kenn einen Trick. Passt mal auf …«

Und dann wisperte sie den anderen ihren Plan ins Ohr. Es war ein genialer Plan. Ein echter Flipflop-Plan. Man brauchte dafür Mut, Geschick und Schnelligkeit – und eine Handvoll Steine, was das Komplizierteste an der Sache war. Doch Liev hatte Karamellbonbons in der Hosentasche und die opferte sie gerne für Fritzis Idee.

»Also los!« Lotte nahm das Kletterseil und legte es zum Abrollen bereit. Fritzi wickelte sich das andere Seil um die Schulter. Hanan stand vorsichtig auf und Liev reichte ihr die Bonbons. Und zack! hatte Hanan einen der Bonbons so geworfen, dass er mit einem Plopp am Stamm einer Birke landete.

Memoli hob den Kopf. Ha! Er hatte das Geräusch gehört. Der erste Teil des Plans schien zu klappen. Hanan pfefferte noch einen Bonbon und wieder gab es ein Plopp. Jetzt stand Memoli auf und ging in Richtung Birke. Immer noch wandte er dem Hochsitz den Rücken zu.

Dann ging alles schnell wie die Feuerwehr. Die Mädchen ließen das Seil runter und kletterten eine nach der anderen flink und lautlos hinunter. Das heißt: fast lautlos. Irgendetwas musste Memoli doch mitbekommen haben, denn er drehte sich um. »Hier seid ihr?«, sagte er verblüfft.

Doch da waren die Mädchen schon bei ihm. Ehe er nur die Hand heben konnte, hatten sie ihn schon gepackt. Und sosehr er auch zappelte und strampelte, die vier waren stärker. Während Lotte ihm die Hand auf den Mund presste, damit er nicht schreien konnte, drückten ihm die anderen drei die Arme an den Körper und umwickelten ihn mit dem Seil. Wie eine Kohlroulade sah er aus, als er schließlich unbeweglich am Boden lag. Selbst seine Beine konnte er nicht mehr bewegen, weil Fritzi die mit ihrem Gürtel zusammengebunden hatte.

»Hey! Kommen die anderen auch noch?« Fritzi kniete neben ihm und stupste ihn unsanft an.

»Mmmmmm«, brummte Memoli. Mehr brachte er nicht heraus, weil Lotte immer noch feste zudrückte. Vielleicht sogar ein bisschen fester, als es nötig gewesen wäre.

»Nun sag schon! Du bist doch nicht alleine unterwegs. Wo sind Erkan, Frederik und Anna-Lena?« Fritzi gab Memoli noch einen Knuff und Lotte lockerte den Druck ihrer Hand.

Doch von dem Jungen, der da am Boden lag und wütende Blicke auf die Flipflop-Mädchen abschoss, kam keine Antwort.

»Vielleicht ist es am besten, ihr lauft Richtung Hort zurück. Dann seht ihr die Wölfe, bevor die hier auftauchen«, schlug Lotte vor. »Und falls ihr ihnen be-

gegnet, müsst ihr sie weglocken. Ich bleibe bei ihm und halte ihm den Mund zu, okay?«

»Okay! Du kommst dann nach, wenn die Luft rein ist«, meinte Fritzi. »Und unsere Roulade hier, die kann mal ordentlich schmoren. Aber du musst ihn knebeln, damit er nicht schreien kann.«

»Mit 'ner alten Socke«, schlug Hanan vor. »Oder willst du mein schmutziges Taschentuch haben?«

Die Flipflop-Mädchen lachten und Memolis Augen schossen Blitze auf sie ab. Aber sagen konnte er ja nichts, dafür sorgte Lotte schon.

Geteiltes Leid

Wie still es plötzlich war, nachdem die Mädchen davongerannt waren. So still, dass Lotte glaubte, ihr eigenes Herz klopfen zu hören. Memoli hatte aufgehört, wütend vor sich hin zu grummeln. Aber in seinen Augen konnte Lotte lesen, was er am liebsten gebrüllt hätte. Lass mich los, sonst kannst du was erleben.

»Ha!«, sagte Lotte zu dem verschnürten Paket, neben dem sie kniete. »Du wirst hier liegen bleiben, bis du alt und grau und schimmelig bist. Bald ist der Hort aus, dann gehe ich nach Hause. Und von mir aus kannst du ruhig schreien. Deine Wölfe hören dich sowieso nicht.«

Memoli zappelte mit den Beinen, dann gab er auf. Er ließ einen Seufzer hören und seine schwarzen Augen funkelten nicht mehr vor Zorn. Ehrlich gestanden sahen sie ein wenig ängstlich aus, fand Lotte.

»Ja, du wirst richtig schön Ärger kriegen, wenn du zu spät im Hort auftauchst. Und zu Hause bestimmt auch.« Lotte konnte es nicht lassen, Memoli noch ein bisschen mehr zu ärgern. Obwohl das eigentlich gar nicht mehr richtig Spaß machte, so ganz ohne die anderen Mädchen. »Wenn du versprichst, nicht zu schreien, dann nehme ich meine Hand weg«, sagte sie eine Spur freundlicher.

Memoli nickte und Lotte ließ ihn los. Er holte tief Luft und schluckte. »Pah«, sagte er. »Ich krieg überhaupt keinen Ärger. Winfried checkt doch überhaupt nichts. Und zu Hause kann ich kommen, wann ich will. Das merkt eh keiner.«

Das sollte stolz und frech wirken, das war klar. Aber eigentlich klang es eher traurig. Oder lag das daran, dass Lotte auf einmal selbst ein bisschen traurig wurde? Mama und Papa bekamen ja in letzter Zeit auch kaum mit, ob sie zu Hause war oder nicht. Die waren nur noch mit ihren Streitereien beschäftigt.

»Ich kann auch kommen, wann ich will«, antwortete sie. Und weil sie vor Memoli ihren Kummer nicht zeigen wollte, machte sie ein trotziges Gesicht.

»Schimpfen deine Eltern nicht, wenn du zu spät kommst?«, fragte Memoli.

»Nee. Kann denen doch wurscht sein.«

»Na, super.« Memoli zuckte mit den Schultern, soweit das ging mit dem vielen Seil, das um ihn gewickelt war. »Dann kannst du mich ja hier so lange bewachen, wie du Lust hast.«

»Tu ich aber nicht. Ich gehe jetzt. Wenn du so toll bist, wie du immer tust, kriegst du den Knoten schon selber auf.«

»Klar krieg ich das«, antwortete Memoli. Aber als Lotte aufstand und tatsächlich ein paar Schritte wegging, hörte sie ihn seufzen. »Lotteeee!«, rief er und das hörte sich kein bisschen mehr selbstbewusst an.

Lotte drehte sich zu dem Bündel am Boden um. Nein, sie brachte es nicht fertig, Memoli hier alleine zu lassen. »Also gut, ich binde dich los«, sagte sie. »Dann kommen wir noch früh genug zum Hort. Aber erst musst du dich entschuldigen.«

Memoli grummelte irgendetwas, das nach »schulligungtutmirleid«, klang.

»Ehrlich?« Lotte versuchte, in seinem Gesicht zu lesen. Memoli sah wirklich ziemlich zerknirscht aus.

»Ehrlich«, wiederholte er.

»Okay«, sagte Lotte zögernd. Doch dann kniete sie sich hin und begann, an dem Knoten zu zerren und zu zupfen.

»Mein Vater würde ganz schön rummeckern, wenn ich nicht rechtzeitig zu Hause bin«, meinte Memoli.

»Warum tut er's dann nicht?«

»Weil er nicht da ist.«

»Wo ist er denn?«

»Na, wo wohl? In der Türkei.« Jetzt klang auch Memoli ziemlich trotzig. Sein hübsches Gesicht wurde ganz finster und er merkte gar nicht, dass Lotte den Knoten aufbekommen hatte und das Seil lockerte.

»Schon lange?«, fragte sie.

»Seit ich sechs bin.«

»Und warum?«

Memoli senkte den Blick, als ob ihm peinlich wäre, was er gleich sagen würde. »Weil er uns verlassen hat. Darum. Er hat jetzt eine neue Familie.«

Lotte schluckte. »Eine neue Familie? Und was ist mit deiner Mama?«

»Zuerst ging es ihr gar nicht gut und sie war immer traurig. Aber inzwischen hat sie sich dran gewöhnt; ist ja auch schon lange her. Wir kommen auch so klar.« Wieder versuchte Memoli, stolz und übermütig zu klingen. Er streifte das Seil ab und wollte aufstehen. Doch da sah er, wie sich Lotte auf die Lippen biss. Ganz blass sah sie plötzlich aus. »Was ist denn?«, fragte er.

Lotte brauchte eine Weile, bevor sie antworten konnte. »Meine Mama sieht auch oft traurig aus«, sagte sie leise.

Memoli sah sie fragend an.

»Jetzt weiß ich, was zu Hause los ist«, fuhr Lotte fort.

Es klang, als ob sie mehr zu sich selbst sprach als zu Memoli. »Papa will uns auch verlassen. Jetzt weiß ich es.«

Sie fing an zu weinen. Dicke Tränen rollten ihr über das Gesicht, bis in den Kragen ihrer Bluse hinein, doch das war ihr egal. Und es war ihr auch egal, dass es ein Wilder Wolf war, der da den Arm um sie legte und ihr über das Haar strich. Es war gut, dass sie ihren Kummer mit jemandem teilen konnte. Und noch viel besser war es, dass es Memoli war, trotz allem, was passiert war. Lotte lehnte sich an ihn. Obwohl ihr das Herz wehtat, sah sie plötzlich, wie schön dieser Sommertag doch eigentlich war.

Ausgerechnet Memoli

Die nächsten Tage war es erstaunlich ruhig zwischen den beiden Banden. Es herrschte so eine Art Waffenstillstand. Fritzi, Hanan und Liev hatten Lotte nicht gefragt, wieso sie am Montag gemeinsam mit Memoli aus dem Wald gekommen war. Vielleicht hatten sie das Gefühl gehabt, Memoli doch arg grob behandelt zu haben, und waren froh gewesen, dass Lotte ihn freigelassen hatte. Sie ließen die Wölfe in Frieden, wenn man von den finsteren Blicken absah, die sie ihnen zuwarfen. Und die Wölfe beschränkten sich darauf, jedes Mal nach dem Essen wie die Wilden rauszurennen, um als Erste beim Baumhaus zu sein. Da hockten sie dann, baumelten mit den Beinen und triumphierten, wenn die Flipflop-Mädchen zu spät kamen.

Doch dann, am darauffolgenden Samstag, spitzte sich die Lage plötzlich wieder zu. Die Flipflops hatten ein Bandentreffen vereinbart, um 16 Uhr im Hauptquartier, und Lotte hatte extra für Liev eine Tüte Karamellbonbons gekauft. Gerade, als sie losgehen wollte, klingelte es. Mama und Papa saßen an ihren Schreibtischen und riefen durch ihre geschlossenen Zimmertüren: »Gehst du mal, Lotte?« Und als Lotte die Wohnungstür aufmachte, stand plötzlich Memoli auf der Fußmatte.

»Äh, hallo«, sagte er und kratzte sich hinterm Ohr, sodass seine schwarzen Haare noch strubbeliger abstanden als sonst.

»Hallo.« Lotte lächelte.

Memoli stopfte die Fäuste in die Taschen seiner kurzen Hosen. »Also«, sagte er, »also … na, ist ja auch egal.«

»Was denn?«

»Ich meine, wenn du keine Zeit hast … Muss ja auch nicht sein.«

Jetzt erst merkte Lotte, dass sie die Tür nur halb geöffnet hatte. So als wollte sie sie gleich wieder schließen. »Willst du reinkommen?«, fragte sie.

»Nee.«

»Und warum hast du geklingelt?« Lotte schaute Memoli neugierig ins Gesicht. Obwohl er von der Sommersonne braun gebrannt war, konnte man sehen, dass sein Hals und seine Wangen langsam rot wurden.

Memoli schob die Fußmatte mit der Spitze seines Turnschuhs hin und her. »Ich dachte, wir könnten zusammen Eis essen gehen«, sagte er.

»Jetzt?«

»Ich sag ja … wenn du keine Zeit hast, ist es auch egal.« Memoli starrte auf die Fußmatte, als ob er sich das Streifenmuster für immer einprägen wollte.

Nur eine Sekunde lang zögerte Lotte, dann hatte sie sich entschieden. Obwohl – eigentlich hatte sie gar keine Entscheidung gefällt, sondern es platzte einfach so aus ihr heraus. »Klar hab ich Zeit«, sagte sie, drehte sich um, rief lauthals »Tschüüüss, ich geh dann mal los« in den Flur hinein und zog die Tür hinter sich zu. Und dann rannten sie nebeneinander die Treppen hinunter.

Natürlich hatte Lotte die Flipflop-Bande nicht vergessen, als sie kurz darauf mit Memoli im Eiscafé saß. Irgendwo in ihrem Kopf, da spukten Hanan und Liev herum. Und vor allem Fritzi. Aber es war doch das allererste Mal, dass Memoli bei ihr geklingelt hatte. Das erste Mal, dass er ganz allein mit ihr was unternehmen wollte und sie sich einfach nur zu zweit gegenübersaßen, ohne dass ein Dutzend lärmender Hortkinder drumherumtobten.

Dann fing Memoli an zu erzählen. Von der Türkei

und dem Haus am Meer, wo sein Vater jetzt wohnte und wo er ein Kinderzimmer für ihn eingerichtet hatte. Von dem weißen Strand, den man von diesem Zimmer aus sehen konnte, und dem leuchtenden Meer und den Segelbooten.

»Mein Vater vermietet die Boote an die Touristen«, sagte Memoli. »Und ich werde ihm helfen.«

»Du willst dahin ziehen?« Lottes Stimme klang ganz klein und dünn. »In die Türkei?«

Da legte Memoli den Kopf in den Nacken und lachte. »Ach was! Ich wohne doch hier, mit Mama und Gülşen. Aber in den Ferien fahre ich zu meinem Vater, für drei Wochen.« Memoli konnte wunderbar lachen, fand Lotte. Richtig ansteckend war das und sie lachte mit. Doch dann wurde sie wieder ernst.

»Weißt du«, sagte sie. »Eigentlich wollten wir in den Ferien wieder nach Sylt, so wie im letzten Sommer. Aber ich glaube, dieses Jahr kommt Papa nicht mit.

Gestern hat er gesagt, dass er wahrscheinlich keinen Urlaub kriegt.« Sie bohrte mit dem Löffel ein Loch in ihr Schokoladeneis. »Er hat keine Lust, mit uns zu fahren. Das merkt doch ein Blinder.«

Memoli nickte.

Lotte senkte den Kopf und schob ihr Schlüsselbund auf dem Tisch herum, sodass der rosa Glücksschwein-Anhänger hin und her tanzte. »Du darfst es nicht weitersagen, das mit meinen Eltern«, sagte sie. »Ich hab's noch niemandem erzählt. Nicht mal Fritzi.« Ihr Blick fiel auf die Uhr über der Tür. »Himmel, es ist ja schon nach fünf! Jetzt muss ich aber los.«

Memoli stand im selben Moment auf wie Lotte. »Ich bring dich noch nach Hause«, sagte er.

Doch Lotte schüttelte den Kopf. »Nee, lass man«, sagte sie. »Ich muss noch woandershin. Wir wollen heute …« Sie brach ab und auf einmal hatte sie ein ganz dumpfes Gefühl im Magen. Hoffentlich waren Fritzi und die anderen nicht sauer, dass sie eine ganze Stunde zu spät kam. Und ausgerechnet wegen Memoli.

Angriff!

Nein, die Flipflop-Mädchen waren nicht sauer auf Lotte, als sie endlich auf den Hochsitz geklettert kam. Sie waren stinkwütend. Denn sie wussten schon, warum Lotte so spät kam. Liev hatte die beiden nämlich im Eiscafé sitzen sehen und alles brühwarm berichtet.

»Wegen dem lässt du uns hier warten«, fauchte Fritzi. »Manno, Lotte, das ist ein Wilder Wolf!«

»Aber Memoli wollte sich doch mit dem Eis entschuldigen, wegen der Würstchen, versteht ihr«, versuchte Lotte, die Sache zu erklären.

Fritzi stieß die Luft durch die Nase aus. »Dann hätten Liev und Hanan ja wohl auch ein Eis kriegen müssen!«

»Und alle anderen aus der Klasse auch.« Liev stemmte die Arme in die Seiten. »Sogar Herr Abisch.«

»Und die Eltern«, setzte Fritzi noch eins obendrauf.

»Ich finde, du hast gegen unsere Bandenregel verstoßen«, sagte jetzt auch noch Hanan. »*Treue bis in alle Ewigkeit.* Du darfst dir nicht einfach von einem unserer Feinde was spendieren lassen, während wir hier auf dich warten.«

Lotte schob die Unterlippe vor. »Und *ich* finde, das hat überhaupt nichts mit der Bandenregel zu tun«, murrte sie. »Ihr seid richtig ungerecht.« Sie stand auf. Die ganze Sache machte gar keinen Spaß mehr, wenn die anderen so böse auf sie waren.

Liev wollte ihr beistehen, vielleicht weil es ihr leidtat, sie verpfiffen zu haben. »Lotte kann uns doch trotzdem treu sein«, sagte sie.

In diesem Moment machte Lottes Herz vor Schreck einen Stolperer. Denn da kam einer über die Lichtung gelaufen und schwenkte etwas in der Luft herum, das wie ihr Schlüsselbund aussah. Und dieser jemand war Memoli. War er ihr hinterhergelaufen, weil sie die blöden Schlüssel vergessen hatte? Warum hatte sie die nur liegen lassen?! Wenn Memoli hier auftauchte, was alles zu spät.

»Verdammter Mist«, murmelte sie. Und dann standen auch schon die anderen drei neben ihr und starrten auf Memoli hinunter.

»Du hast unser Quartier verraten!« Fritzi klang bitterböse. Sie boxte Lotte gegen die Schulter und drehte sich zu Hanan und Liev um. »Jetzt hat sie wirklich gegen die Regeln verstoßen!«

Hanan funkelte Lotte genauso empört an, wie Fritzi das tat. Nur Liev versuchte immer noch, sie in Schutz zu nehmen. »Vielleicht hat Memoli neulich doch mitgekriegt, wie wir vom Hochsitz geklettert sind«, sagte sie.

»Nein, hat er nicht.« Fritzi stampfte mit dem Fuß auf. »Die da hat uns verraten!« Sie boxte Lotte wieder gegen die Schulter, und diesmal noch doller. »Geh doch gleich zu den Wilden Wölfen. Du gehörst nicht mehr zu uns!«

Lotte schluckte. Irgendeine musste doch jetzt etwas sagen! Musste loslachen und versichern, dass das nur ein Witz gewesen war. Dass es ja nicht sein konnte, dass sie nicht mehr zur Bande gehörte. Mit brennenden Augen sah sie von Fritzi zu Hanan und von Hanan zu Liev. Und wieder zurück zu Fritzi. Fritzi hielt ihrem Blick stand und ihre Miene war wie aus Stein. Hanans schwarze Augen, die fast so schön wie Memolis waren, flackerten nervös. Und Liev? Die starrte nur auf den Boden des Hochsitzes. Keine sagte ein Wort.

Da riss sich Lotte das Flipflop-Abzeichen von ihrem T-Shirt und warf es Fritzi vor die Füße. Ohne noch ein Wort zu verlieren, bückte sie sich nach dem Kletterseil, ließ es über den Rand hinab und hangelte

sich nach unten. Sie hatte Tränen in den Augen. Und wegen dieser Tränen sah sie nicht, dass am Waldrand noch jemand auftauchte. Erst als sie den wütenden Schrei von Fritzi hörte, kapierte sie, was los war.

»Die Wölfe! Da sind sie!«

In dem Moment, wo Lottes Füße den Boden berührten, sprinteten Frederik, Erkan und Anna-Lena auch schon los, quer über die Lichtung. Lotte hielt sich vor Schreck am Seil fest, obwohl das sinnlos war. Sie hätte wieder hochklettern müssen oder weglaufen! Denn die Wilden Wölfe sahen richtig gefährlich aus. Sie schwangen Peitschen aus Weidenzweigen durch die Luft und stießen tiefe, wilde Urlaute aus, wie das nur Wölfe können. In ihren braun bemalten Gesichtern glitzerten die Augen voller Angriffslust.

»Der Hochsitz! Das ist ihr Quartier! Und da ist Lotte!« Anna-Lenas Stimme klang plötzlich schrill. »Die kriegen wir!« Sie rannte so schnell, dass ihre rotblonden Locken flatterten. Schon hatte sie Frederik und Erkan überholt. Noch vier, fünf Meter, dann hatte sie Lotte erreicht. Ihre Weidenpeitsche sirrte durch die Luft.

Doch einer war schneller als die Angreifer. Und das war Memoli. »Komm, Lotte!«, rief er. Mit drei Schritten war er bei ihr, nahm sie bei der Hand und zog sie mit sich. »Komm schnell!«

Lotte hatte keine Sekunde Zeit zu zögern. Sie rannte los, einen halben Meter hinter Memoli, auf den Wald zu. Nur weg von den Wilden Wölfen! Und weg von den Freundinnen, die auf dem Hochsitz alles mit ansahen und schrien, als wäre ein Feuer ausgebrochen. Nur einmal noch schaute sich Lotte um. Die Flipflop-Mädchen standen mit hoch erhobenen Armen da und bewarfen die Angreifer von oben mit den Bonbons, die sie Liev geschenkt hatte.

»Verschwindet, haut bloß ab!«, hörte Lotte Fritzi brüllen, und sie wusste nicht, wen sie damit gemeint hatte.

Lotte und Memoli rannten, so schnell sie konnten.

Sie zwängten sich zwischen den dunklen Tannen hindurch, sodass ihnen die Zweige nur so in die Gesichter schlugen. Sie stolperten einen Abhang hinunter, sprangen über Steine und Wurzeln und liefen einen schmalen Waldweg entlang. Hinter ihnen knackten die Zweige und Blätter raschelten. Lotte vernahm das Gegröle der Wilden Wölfe und die Schreie der Flipflop-Mädchen. War jemand hinter ihnen her? Konnte man nicht schon die Schritte der Verfolger hören? Sie wagte nicht, sich umzudrehen.

Nach Luft schnappend blieben sie schließlich hinter einer dicken Eiche stehen und pressten sich gegen den Stamm.

»Kommen sie uns nach?«, wisperte Lotte.

»Ich kann Erkan und Frederik hören«, antwortete Memoli leise. »Und Anna-Lena …«

In diesem Moment klingelte Lottes Handy. Erschrocken riss sie es aus der Hosentasche. Oh, Mann, das war ja laut wie eine Sirene! Sie schaltete es hastig aus, und fast wäre es ihr aus den Fingern gerutscht, als Memoli sie anstieß.

»Sie haben uns entdeckt. Dahinten kommen sie. Wir müssen hier weg«, zischte er.

»Wir kriegen euch! Wir kriegen euch!« Die Stimmen wurden lauter.

Eine Sekunde sah Lotte Memoli an. Und schon rannten sie wieder los, immer tiefer in den Wald hinein. Irgendwie mussten sie die Verfolger abschütteln. Irgendwo mussten sie sich verstecken, vor den Wölfen und vor den Flipflops und vor der ganzen feindlichen Welt.

Die Sache mit den Banden

Als der Forst so dicht und undurchdringlich wurde, dass es keinen Weg mehr gab, hielten sie an. Memoli ließ sich auf den weichen Boden plumpsen und Lotte lehnte am Stamm einer Buche. Sie lauschte in den Wald hinein. Nur ihr und Memolis Atem war zu hören, während im Hintergrund der Wind in den Bäumen rauschte und die Vögel zwitscherten. Lottes wild schlagendes Herz beruhigte sich langsam.

»Wir haben sie abgehängt«, japste Memoli. Über sein gerötetes Gesicht ging ein Grinsen. »Mensch, Lotte, du bist das schnellste Mädchen, das ich kenne.«

Aber Lotte war gar nicht zum Lachen zumute. Sie setzte sich neben Memoli auf den von Bucheckern übersäten Boden und schlang die Arme um die Knie.

Die Brust tat ihr weh, und das kam nicht nur vom Laufen. Denn jetzt, wo sie den schrecklichen Wilden Wölfen entkommen waren, war sofort der Kummer wieder da. Die Flipflops hatten sie aus der Bande geworfen! Wie gehässig sie gewesen waren. Fritzis Blick war so kalt und abweisend gewesen, dass er ihr wie ein Messer ins Herz gestochen hatte. Mit einem schweren Seufzer versuchte Lotte, den eisernen Ring zu sprengen, der sich um ihre Brust gelegt hatte.

»Lotte«, sagte Memoli. »Ich wollte dir doch nur deinen Schlüssel bringen. Ich wusste ja nicht, dass die anderen mir nachgegangen sind. Jetzt hab ich euer Geheimversteck verraten.« Er gab ihr den Schlüsselbund mit dem Glücksschweinchen, das er die ganze Zeit über fest in der Faust gehalten hatte. Ganz schmuddelig und verschwitzt war das rosa Schweinchen, aber Lotte war trotzdem froh, es wiederzuhaben.

Sie schüttelte den Kopf. »Ist jetzt auch egal. Diese ganze Sache mit den Banden ist sowieso nur dumm.« Sie drückte sich mit dem Rücken gegen den Buchenstamm und seufzte noch einmal tief.

»Ja«, sagte Memoli. »Das ist sowieso nur dumm.« Er saß Lotte im Schneidersitz gegenüber, die Arme über der Brust verschränkt. Mit seinem braun gebrannten Gesicht und den dunklen zerzausten Locken sah er fast wie ein Pirat aus. Er hatte die Stirn in Falten gelegt, als dachte er über etwas nach.

»Weißt du was«, sagte er, »wir könnten unsere eigene Bande gründen. Nur du und ich. Das ist dann nicht mehr dumm, finde ich.« Seine Wimpern flatterten, aber jetzt traute er sich, Lotte anzuschauen.

Lotte schob die Unterlippe vor. »Nee«, antwortete sie. »Ich will keine Bande mehr.« Immer noch nagte das Unglücklichsein in ihr wie ein kleines böses Tier.

Da legte Memoli ihr die Hand aufs Knie. Die Wärme, die davon ausging, strömte Lotte durch den ganzen Körper. »Okay«, sagte er. »Hauptsache, du bist nicht mehr sauer auf mich wegen eurer Abschiedsfeier.«

»Bin ich nicht mehr«, antwortete Lotte. Und das stimmte. Sie war froh, dass Memoli da war. Es ging ihr so, wie es ihr schon immer gegangen war: Wenn sie Memoli anschaute, wenn er ihr nah war, dann wurde ihr Herz weich.

»Es war eine richtig blöde Mutprobe und ich wollte sie gar nicht machen. Ich hätte lieber Schokocreme mit Senf gegessen«, meinte Memoli. »Aber irgendwie …« Er stockte.

Lotte wusste, was er sagen wollte. Irgendwie ist es gar nicht so einfach, sich gegen die anderen durchzusetzen, wenn man dazugehören will. »Ist schon gut«, sagte sie, »ganz ehrlich.«

Jetzt lächelte Memoli sein allerschönstes Memolilächeln. Er rutschte zu ihr rüber und lehnte sich ebenfalls gegen den Stamm der Buche. Schulter an

Schulter saßen sie da und schwiegen. Die Sonnenstrahlen pinselten helle Flecken auf die Blätter und den Boden. Lotte schaute ihnen zu, wie sie flimmernd hin und her tanzten, weil der Wind die Zweige der Bäume schüttelte. Ganz ruhig fühlte sie sich auf einmal, gerade so, als wäre dieses Fleckchen Wald ihr Zuhause.

Was für ein Schreck!

Wer hatte nun eigentlich recht? Lottes Mutter, die der Meinung war, dass man sich mit zehn Jahren noch nicht verlieben kann? Oder ihr Vater, der doch behauptet hatte, das Alter würde bei der Liebe keine Rolle spielen?

Für Lotte waren solche Überlegungen überflüssig wie ein Berg Schularbeiten. Es war einfach wunderschön, mit Memoli zusammen durch den Wald zu streifen. Sie sammelten wilde Erdbeeren und Brombeeren, untersuchten einen verlassenen Fuchsbau und fanden einen versteckt liegenden Weiher, auf dem sie Borkenboote fahren ließen. Und dazu hatten sie sich jede Menge zu erzählen. Eine halbe Ewigkeit lagen sie auf einem Bett aus Moos und redeten über die Schule und darüber, wie großartig es wäre, wenn sie nach den Sommerferien beide in dieselbe Klasse kämen. Über das Dorf in der Türkei sprachen sie, wo Memoli Lotte irgendwann einmal die Segelboote im Hafen zeigen wollte. Und über die Eltern und über Memolis große Schwester Gülgen und darüber, dass Lotte nur zu gerne eine Schwester gehabt hätte.

»Deswegen ist es auch so grässlich, dass Fritzi mich nicht mehr mag«, sagte sie und erzählte ihm mindestens zum dritten Mal von ihrem Streit mit den Flipflops. »Fritzi ist doch meine allerbeste Freundin, fast so, als wäre sie meine Schwester.«

»Aber Geschwister streiten sich auch oft«, meinte Memoli.

»Genau wie Eltern«, murmelte Lotte. Plötzlich sah sie gar nicht mehr glücklich aus. »Weißt du, Memoli«, sagte sie, »wenn ich jetzt nicht mehr nach Hause käme, dann würden sie sich bestimmt Sorgen machen. Gemeinsam. Und dann würden sie mich suchen und vielleicht allen Streit vergessen.«

Memoli runzelte die Stirn. »Ja, vielleicht für ein paar Stunden. Aber du kannst dich ja nicht auf immer und ewig verstecken.«

Lotte nickte. »Wenn es dunkel wird, muss ich zu Hause sein. Ich würde gar nicht den Mut aufbringen, einfach wegzubleiben.« Sie riss einen Grashalm ab, spannte ihn zwischen den Daumen und blies damit einen so schrillen Ton, dass im Baum über ihnen ein Vogelpärchen von den Zweigen flatterte.

Jetzt richtete sich Memoli auf und sah zu den Birken hinüber, deren Zweige vor einem rosablauen Himmel im Wind schwankten.

»Es *wird* schon bald dunkel, Lotte«, sagte er. »Hast du eine Ahnung, wie spät es ist?« Im selben Moment schaute er auf seine Armbanduhr und beantwortete sich die Frage selbst. »Auweia!«, rief er. »Es ist schon nach halb neun!«

Lotte erschrak. So spät schon? Wie war denn das passiert? »Wir müssen zurück«, sagte sie. »Das kann ja noch ewig dauern, bis wir wieder in der Stadt sind.«

»Komm, wir laufen ein Stückchen«, schlug Memoli vor, und schon sprang er auf. Doch er blieb unschlüssig stehen. »In welche Richtung eigentlich?«, fragte er.

»Da lang«, sagte Lotte, die neben ihm stand, und zeigte vage in die Richtung, aus der sie vor gut zwei Stunden gekommen waren. Oder war es schon drei Stunden her? Und war es nicht doch eher die andere Richtung gewesen? Lotte knabberte an ihrer Unterlippe. »Mist«, murmelte sie.

Memoli stupste sie an. »Dort müssen wir hin«, sagte er, deutete mit dem Kinn zu einem schmalen Waldweg und marschierte entschlossen los.

Lotte ging ein paar Schritte mit ihm, doch dann hielt sie ihn zurück. »Warte, Memoli«, sagte sie. »Guck

mal, da links gibt es genau so einen Weg. Der kommt mir bekannt vor.«

»Stimmt.« Memoli schaute sich um. »Das könnte auch richtig sein.«

»Oder dahinten … Da sieht es auch so ähnlich aus …«

»Was machen wir denn jetzt?« Lotte schluckte.

»Ich weiß nicht. Wir können ja jemanden anrufen.«

Lotte holte ihr Handy aus der Hosentasche und steckte es in der nächsten Sekunde wieder ein. »Das nützt uns ja nichts. Wen sollen wir denn fragen, in welche Richtung wir jetzt müssen? Wenn wir das selbst nicht mal wissen … So ein verdammter Mist!«

»Ich hab eine Idee.« Memoli bemühte sich, optimistisch zu klingen. »Jeder von uns denkt jetzt ganz doll nach. Und auf eins, zwei, drei zeigen wir beide in eine Richtung. Vielleicht ist das dann dieselbe. Und dann gehen wir da lang. Abgemacht?«

»Abgemacht.«

Eine Minute lang standen sie nebeneinander und schauten stumm in alle Himmelsrichtungen. Lotte versuchte sich zu erinnern. Sie strengte sich wirklich an. Aber es war zu dumm – immer nur kam ihr die Autofahrt mit den Eltern in den Sinn, als sie zum Erdbeerhof fahren wollten. Da hatten sie irgendwann eine falsche Abzweigung genommen und sich verfahren. Dann hatten sich Mama und Papa gegenseitig Vorwürfe gemacht und schließlich so doll gestritten, dass sie wieder nach Hause fuhren. Dabei hatte Lotte sich so auf das Erdbeerpflücken gefreut.

Lotte seufzte und Memoli sah sie an. »Fertig?«, fragte er.

»Fertig«, antwortete Lotte. Sie schloss die Augen. »Eins … zwei … drei.« Ohne zu überlegen, streckte sie den Arm und den Finger aus. Als sie die Augen wieder öffnete, sah sie, dass Memolis Finger ganz genau auf dieselbe Stelle zeigte: dorthin, wo der Himmel am hellsten war. Rötlich leuchtete er über den hohen dunklen Tannen, geradeso, als ob dort jemand ein großes Lagerfeuer für sie angezündet hatte. Ein Leuchtfeuer, das ihnen den Weg wies.

Memoli schien ihre Gedanken gelesen zu haben.

»Dahinten kann man die Sonne sehen. Das muss Westen sein!«, sagte er bedeutungsvoll.

»Wohnen wir im Westen?«, wollte Lotte wissen.

»Keine Ahnung«, antwortete Memoli.

Da musste Lotte lachen. Dann fasste sie Memoli bei der Hand und sie gingen los. Es würde schon die richtige Richtung sein. Lotte machte sich keine Sorgen mehr. Es war gut, dass sie zu zweit waren. Und ganz besonders gut war es, dass sie sich kein bisschen gestritten hatten, obwohl sie sich verlaufen hatten.

Geräusche im Wald

Lotte hatte völlig das Gefühl dafür verloren, wie lange sie nun schon durch den Wald irrten. Ein halbes Dutzend Mal schon hatte sie sich den Kopf an einem Ast gestoßen und die Arme an spitzen Zweigen geratscht. Die Füße in den dünnen Flipflops taten ihr weh, da sie den Boden nicht mehr richtig erkennen konnten und über Wurzeln und Steine stolperten.

Mittlerweile war es immer dunkler geworden. Das Abendlicht wurde von dichten Wolken verschluckt, die am Himmel aufgezogen waren.

»Ich glaube, wir laufen im Kreis herum. Es sieht überall gleich aus.« Erschöpft ließ sich Lotte auf eine verwitterte Bank sinken.

Memoli setzte sich neben sie. »Ja«, sagte er. »An genau so einer Bank sind wir vorhin auch vorbeigekommen.« Er strich mit den Fingern über das rissige Holz. »Ich hab Hunger, Lotte«, sagte er.

»Wenn wir erst mal den Hochsitz gefunden haben, können wir was essen und trinken«, antwortete Lotte. »Wir haben Kekse und Rosinen in unserem Hauptquartier und Kakao und …« Sie brach ab. Das war ja gar nicht mehr ihr Quartier, weil es nämlich nicht mehr ihre Bande war. Na egal, die Flipflops hatten es verdient, dass man ihnen alles wegfutterte. Noch immer grummelte es in Lotte, wenn auch schon ein bisschen weniger als am Nachmittag.

Viel größer war nämlich ihre Sorge darüber, dass sie erst so spät nach Hause kommen würde. Sicher telefonierten Mama und Papa schon voller Ungeduld in der Gegend herum. Puh, würde das einen Krach geben, wenn sie sich jetzt bei ihnen meldete. Oder ob sie etwa immer noch in ihren Arbeitszimmern hockten und Lotte kein bisschen vermisst hatten? Vielleicht war ihnen noch gar nicht aufgefallen, dass sie nicht da war. Nein, das konnte doch wohl nicht angehen, oder?

Lotte nahm all ihren Mut zusammen, um zu Hause anzurufen. Doch gerade, als sie ihr Handy einschalten wollte, packte Memoli sie am Arm. »Hörst du das, Lotte? Was ist das? Das klingt ja seltsam.«

Lotte hielt den Atem an, um besser hören zu können. Jetzt nahm sie es auch wahr. Es war eine Art Jaulen, irgendwo in der Ferne. »Ooooeeeh … Ooooeeeh … Ooooeeeh …« Sie stieß die Luft durch die Nase aus. »Das ist … Das ist bestimmt ein Wolf … oder ein Suchhund.«

Memoli ballte die Faust. »Ja! Bestimmt suchen sie uns schon.« Er legte den Kopf in den Nacken. »Hieeer sind wir!«, brüllte er. Das heißt, er wollte es brüllen. Doch da presste ihm Lotte die Hand auf den Mund.

»Bloß nicht«, flüsterte sie. »Sei lieber leise. Ich hab Angst, Memoli. Wenn das nun ein wilder Hund ist oder doch ein Wolf … oder ein Werwolf …« Ihr lief ein Schauer über den Rücken bei dem Gedanken, dass so ein Tier plötzlich durch das Unterholz brach und auf sie zuschoss. Selbst wenn es nur ein Suchhund wäre, würde sie sterben vor Schreck.

»Ooooeeeh … Ooooeeeh …«

»Das ist kein Hund, Lotte. Ich glaube, das ist ein Uhu oder so was Ähnliches. Ja, ganz bestimmt ist das ein Uhu.« Memoli legte den Arm um sie und gemeinsam lauschten sie in die Finsternis des Waldes hinein.

Lottes Herz klopfte so laut, dass es in ihren Ohren pochte. »Es wäre schön, wenn wir allmählich mal den richtigen Weg finden würden«, sagte sie. »Ich will nach Hause, Memoli.«

Da drückte Memoli sie noch ein bisschen doller an sich. In diesem Moment schob sich der Mond über die Wipfel der Tannen. Sein Licht ließ die Ränder

der Wolken bräunlich leuchten. Es war ein diesiges Licht, aber es reichte aus, um die Lichtung zu erhellen, die hinter den Bäumen lag. Am Rande der Lichtung stand etwas, das Lottes Herz noch ein bisschen doller klopfen ließ. Es war ein Hochsitz! Das Hauptquartier der Flipflops war höchstens noch hundert Meter von ihnen entfernt! Jetzt konnte ihnen nichts mehr passieren.

Wer andern eine Grube gräbt …

Im selben Moment wie Lotte hatte auch Memoli den Hochsitz gesehen und Seite an Seite rannten sie los. Natürlich, das war der richtige Weg! Im Dunkeln sah nur alles so ganz anders aus als am Tag.

»Wir haben's geschafft. Gleich gibt's Kakao und Kekse!« Lotte machte vor Freude einen kleinen Luftsprung.

»Wer als Erster da ist!«, rief Memoli übermütig und setzte an, um Lotte zu überholen.

Er stupste sie an, als er an ihr vorbeirannte. Lotte lief langsamer. Wie brachte Memoli es fertig, so zu sprinten, wo man auf dem schmalen Weg doch kaum die eigenen Füße sehen konnte?

»Warte auf mich!«, rief sie ihm hinterher, doch er schien sie gar nicht zu hören.

Und dann passierte es. Memoli stolperte über irgendetwas und schlug der Länge nach hin. »Aaah!« Er jaulte auf und blieb ausgestreckt liegen.

Fünf Sekunden später war Lotte bei ihm. »Ist was passiert, Memoli?«

Memoli setzte sich auf und klopfte sich die Erde von den Händen. »Ich weiß nicht«, antwortete er. »Ich hab mich ziemlich erschrocken.« Er griff zu seinem linken Fuß und umklammerte ihn. »Autsch!«

»Tut's weh?«

Vorsichtig versuchte Memoli, den Fuß zu bewegen. Dann nickte er. »Kann man wohl sagen«, murmelte er. »Es tut sogar verdammt weh.«

»Hoffentlich ist nichts gebrochen. Kannst du denn aufstehen?« Lotte reichte ihm die Hand und Memoli rappelte sich hoch. Doch dann ließ er sich wieder plumpsen. Lotte sah, wie er die Zähne zusammenbiss.

»Ich glaube, ich sollte lieber nicht auftreten«, sagte er. »So was Blödes!«

Lotte beugte sich zu ihm runter. »Komm, Memoli, ich helfe dir. Es ist ja nicht mehr weit bis zum Hochsitz.«

Memoli schlug mit der Faust auf den Waldboden. »Ich kann da sowieso nicht hochklettern mit dem Fuß. Guck mal, er ist schon richtig dick geworden.«

Lotte kniete nieder, um sich Memolis Bein genauer anzuschauen. Doch plötzlich stutzte sie. Jetzt erst sah sie, weshalb er gestürzt war. Er war nicht über einen Stein gestolpert, so wie sie gedacht hatte. Nein! Das war ja eine richtig tiefe Kuhle, in die er da getreten war. Ach was, es war eine Grube, eine Fallgrube! Man konnte sogar die dünnen Zweige und die Blätter erkennen, die jemand über das Loch gelegt haben musste, um es zu verbergen. So eine Gemeinheit!

»Das hat jemand mit Absicht gemacht. Irgendjemand, der nicht ganz richtig im Kopf ist«, schimpfte Lotte und stemmte die Arme in die Seite. »Da hätte man sich ja den Hals brechen können!«

Memoli nickte. »Wenn hier ein alter Opa entlanggegangen wäre … Der wäre nie wieder aufgestanden.« Er hielt sich an Lotte fest und zog sich hoch.

Lotte legte sich seinen Arm um die Schultern und schaute ihn an. Doch Memoli senkte die Augenlider und sah auf einmal ganz geknickt aus.

»Ich weiß, wer das war«, sagte er. »Jetzt haben sie's also wirklich gemacht.«

»Wer denn?«

»Na, wer wohl? Die Wölfe natürlich.«

»Woher weißt du das?«

»Weil Erkan es vorgeschlagen hat, gestern schon. Er wollte Fallgruben im Wald graben, um euch zu fangen. Das hat er in einem Abenteuerbuch gelesen. Aber Anna-Lena war dagegen, weil sie meinte, dass es zu gefährlich ist.«

Lotte musterte Memoli mit gerunzelter Stirn. »Und du? Was hast du dazu gesagt?«

Memoli holte tief Luft. »Also ich … ich hab eigentlich gar nichts gesagt …«

»Oh Mann! Und nun bist du selbst reingefallen.« Lotte musste lachen, obwohl das Ganze doch eine wirklich verflixte Situation war. Eigentlich hätten sie gleich nach Hause gehen können, denn von hier aus kannte sie den Weg in- und auswendig. Aber jetzt saßen sie richtig fest.

Memoli lachte nicht. Dafür tat ihm viel zu sehr der Fuß weh, als er jetzt mit Lottes Hilfe zum Hochsitz humpelte. Aber er schluckte die Tränen runter und sagte nichts mehr. Denn diese Suppe, die hatte er sich selbst eingebrockt, fand Lotte.

Nichts geht mehr

Ein richtig gemütliches Lager richtete Lotte zu Füßen des Hochsitzes ein. Sie hatte sämtliche Decken und Kissen von oben heruntergeworfen, das Versteck mit den Süßigkeiten und Keksen geleert und zwei Kakaotüten geholt. Dann war sie noch mal das Seil hochgeklettert, um die Taschenlampe zu suchen, die Fritzi vor ein paar Tagen mitgebracht hatte.

Jetzt saßen Lotte und Memoli warm eingepackt auf dem Boden und futterten alles bis zum letzten Krümel auf. Jeden Gedanken daran, dass sie schon lange, lange zu Hause sein müssten, hatte Lotte vor lauter Erleichterung vergessen.

Memoli ließ den Lichtkegel der Taschenlampe über die Brombeerbüsche gleiten, wo ein paar Mücken über den Zweigen tanzten. Er schaltete die Lampe wieder aus. Die Wolken hatten sich fast völlig verzogen und über der Lichtung spannte sich ein Himmel, der immer noch einen Rest Tageslicht ahnen ließ. »Es ist toll im Wald. Am liebsten würde ich hier übernachten«, meinte er.

»Hättest du keine Angst?«

»Nö. Wieso das denn?« Memoli versuchte, überzeugend zu klingen. Aber Lotte konnte hören, dass er ein wenig angab.

»Wir sind mal im Räuberwald Laterne gegangen, Papa, Mama und ich. Da war es auch ziemlich dunkel«, sagte sie. »Aber das war im Herbst und es war bestimmt längst nicht so spät wie jetzt.« Sie nahm die Taschenlampe, ließ Memolis Armbanduhr aufleuchten und erschrak.

»Oh, Mann, jetzt ist es schon nach zehn!«, rief sie. »Wir müssen zu Hause Bescheid sagen.« Hastig holte sie ihr Handy aus der Hosentasche und schaltete es ein. »Ich hätte mich schon vor Stunden melden müssen. Die werden so was von wütend sein, ich trau mich überhaupt nicht anzurufen«, murmelte sie.

Memoli nickte. »Wie gut, dass ich kein Handy hab. Dann kann ich auch nicht telefonieren.«

»Du kannst gerne meins benutzen«, sagte Lotte. Dann sah sie, dass sie mehrere Nachrichten auf der Mailbox hatte. Natürlich! Das waren Mama und Papa.

Die hatten schon x-mal versucht, sie zu erreichen. Oje!

Lotte holte tief Luft und wählte die Nummer von zu Hause. Sie wappnete sich für den Riesenkrach, den es gleich geben würde. Doch sie ließ es klingeln und klingeln und keiner nahm ab. Waren Mama und Papa etwa gar nicht zu Hause? Lottes Herz zog sich zusammen. Konnte es sein, dass die beiden sie kein bisschen vermissten?

Schließlich sprang der Anrufbeantworter an.

»Mama, Papa«, rief Lotte. »Ich bin's, Lotte! Ich bin im Räuberwald, und eigentlich wollte ich schon viel eher nach Hause kommen. Aber Memoli hat sich den Fuß verknackst und jetzt hängen wir hier fest. Ja, schade, dass ihr nicht da seid. Also … Tschüss dann … bis später … hoffentlich …« Sie legte auf und seufzte.

»Kannst du deine Eltern nicht auf dem Handy anrufen?«, schlug Memoli vor.

»Na klar!« Lotte ging ihr Telefonverzeichnis durch und wählte die Nummer ihrer Mutter. »Besetzt«, fluchte sie. Und auch als sie das Handy ihres Vaters anrief, hörte sie nur das Besetztzeichen. »Ich wette, die telefonieren miteinander«, murmelte sie. Auf einmal sah sie ihre Eltern ganz deutlich vor sich, wie sie durch die halbe Stadt fuhren und nach ihr suchten. Papa in der einen Richtung, Mama in der anderen.

»Vielleicht ist es sowieso besser, wenn ich Fritzi

anrufe«, sagte sie mehr zu sich selbst als zu Memoli. »Mama und Papa kennen ja den Hochsitz gar nicht. Die würden uns eh nicht finden.«

Bei Fritzi zu Hause dauerte es nur ein paar Sekunden, bis jemand ans Telefon ging. Zum Glück war es Fritzi. Lotte atmete erleichtert auf. Sicher würde ihr Fritzi in so einer Notlage beistehen, auch wenn sie sich gestritten hatten.

»Hallo, hier ist Lotte«, sagte sie. »Ich weiß, es ist schon spät …«

»Spät?!«, unterbrach Fritzi sie. »Das kann man wohl sagen! Wo steckst du denn eigentlich? Deine Eltern haben schon x-mal angerufen! Die waren auch schon bei Memolis Eltern!«

»Hast du ihnen nicht gesagt, dass wir im Räuberwald sind?«

»Doch. Und sie haben auch schon nach euch gesucht. Wo bist du denn, Lotte? Warum bist du denn nicht schon längst nach Hause gegangen?«

»Wir sind jetzt beim Hochsitz. Memoli hat sich vorhin …«

Weiter kam sie nicht, denn jetzt wetterte Fritzi los. »Ist mir doch wurscht, was Memoli gemacht hat. Das interessiert mich nicht die Bohne.«

»Aber wir wissen doch nicht, wie wir hier wegkommen sollen! Da war eine Fallgrube und Memoli hat sich den Fuß verknackst, und ich wollte fragen, ob du … Hörst du? Fritzi?« Lotte lauschte ins Handy hinein. »Fritzi!«

»Was ist?«, fragte Memoli.

»So eine blöde Gans!« Lotte ließ das Handy sinken und biss sich auf die Unterlippe, um nicht loszuheulen. »Sie hat einfach aufgelegt. Ich hab bloß deinen Namen genannt und schon ist sie wieder ausgeflippt.«

»Fritzi mag mich nicht. Und nicht nur wegen der Banden.«

Lotte seufzte. »Ich glaube, sie ist eifersüchtig«, antwortete sie leise. »Weil ich dich gernhabe.«

Lotte sah, dass Memoli lächelte. Einen Moment lang schaute sie verlegen zu Boden. »Fritzi meint, sie haben uns schon gesucht«, sagte sie schließlich. »Aber sie haben uns nicht gefunden.«

»Und was machen wir jetzt?«, fragte Memoli.

»Ruf du doch bei euch an«, schlug Lotte vor.

»Wir haben ja kein Auto. Wie soll meine Mutter uns da abholen?«

»Jetzt ruf sie doch bitte an, Memoli«, rief Lotte kläglich. »Ihr wird schon was einfallen.« Sie hielt ihm das Handy hin.

Doch Memoli gab ihr das Telefon wieder. »Es funktioniert nicht.«

Lotte sah ihn fragend an, dann nahm sie das Handy und starrte es ungläubig an. »Das gibt es doch nicht!«, schimpfte sie. »Was ist denn jetzt los? Es geht wirklich nicht mehr!« Sie schüttelte ihr Handy, als ob das etwas nützen würde.

»Vielleicht ist der Akku alle«, meinte Memoli.

Lotte nickte. »Ja, genau. Der blöde Akku ist leer. Ich wollte ihn heute Morgen noch aufladen. Aber dann habe ich es vergessen.«

»Oh, Mann, nichts geht mehr. Warum bin ich nur in diese Grube getreten?« Memoli klang ganz kleinlaut. »Ich bin so ein Trottel.«

Lotte stand auf. »Es nützt nichts, Memoli«, sagte sie. »Dann müssen wir jetzt eben doch zu Fuß gehen. Ich kann dich ja huckepack nehmen.«

»Quatsch.« Memoli verzog das Gesicht. »Es reicht, wenn ich mich bei dir festhalten kann.«

Während Memoli sich aufrappelte, spürte Lotte, wie ihr das Herz ein kleines bisschen leichter wurde. Es hatte am Akku gelegen, dass Fritzi auf einmal weg gewesen war. Natürlich hatte sie nicht einfach aufgelegt.

Glück im Unglück

Wer jemals mit einem verknacksten Fuß durch den Wald gehumpelt ist, der weiß, wie mühselig das ist. Doch Memoli hielt sich ganz wacker. Er hinkte auf einem Bein, wobei er sich mit dem Arm auf Lotte abstützte. Lotte hielt die Taschenlampe in der Hand und beleuchtete den Weg. Langsam wie die Schnecken kamen sie voran, aber immerhin kannten sie ja den Weg zur Kita. Von dort aus war es nicht mehr weit bis zu Memoli nach Hause.

Am anderen Ende der Lichtung wurde es eng zwischen den Büschen und Bäumen. Lotte starrte auf den Boden, um ja keine Wurzel und keinen Stein zu übersehen. Nur nicht noch mal stolpern!

Doch plötzlich schrie sie auf. »Aua! Was ist das denn?« Sie war mit den Haaren an einem Zweig hängen geblieben. Im selben Moment kam sie ins Straucheln und versuchte, sich irgendwo festzuhalten.

Plötzlich war es stockfinster. »Nein! Die Taschenlampe!« Lottes Stimme überschlug sich fast vor Schreck. »Sie ist mir aus der Hand geflogen. Und jetzt ist sie aus!«

»Mann, ist das dunkel.« Memoli klammerte sich noch ein bisschen fester an Lotte.

»Wir müssen die Taschenlampe suchen«, sagte Lotte. »Setz du dich mal so lange auf den Boden.« Sie bückte sich und begann, den Weg abzusuchen. Vorsichtig tastete sie unter dem Gestrüpp zwischen den Bäumen herum. Wer weiß, was da alles lauerte und herumkroch?

»Hast du sie?«, fragte Memoli.

»Nein, ich finde sie nicht«, antwortete Lotte mit ganz kleiner Stimme und ließ sich neben

ihm auf dem Boden nieder. Wie gut, dass es so dunkel war, da konnte Memoli nicht sehen, dass ihr die Tränen über die Wangen liefen.

Aber natürlich spürte Memoli, was mit Lotte los war. Ihm selbst ging es ja auch nicht anders. Es war einfach grässlich, im dusteren Wald zu sitzen, wenn man nichts anderes wollte, als zu Hause im warmen Bett zu liegen. Er legte den Arm um Lottes Schultern.

»Weißt du was, Lotte?«, sagte er. »Jetzt können wir nur noch eins machen. Wir rufen einfach ganz laut um Hilfe. Vielleicht hört uns jemand.«

»Ja, wir rufen um Hilfe«, wiederholte Lotte. »Vielleicht hört uns ja jemand.«

Und das taten sie dann auch. Sie stellten sich aufrecht hin, mit dem Rücken an einen Baum gelehnt, und brüllten mit aller Kraft.

»Hallooooooooo! Hier sind wir!

Hallooooooooo!« Lotte schrie so laut, dass ihr die Kehle wehtat.

Dann lauschten sie in die Dunkelheit hinein. Es knackte und raschelte und wisperte überall um sie herum, sodass man es mit der Angst bekommen konnte.

Gegen jede Vernunft hoffte Lotte auf eine Antwort.

Und dann geschah das Wunder – denn die Antwort kam. Ganz leise nur und von ziemlich weit entfernt, fast wie ein Echo. Aber trotzdem unüberhörbar. »Looooötte! Wir koooommen!«

Memoli griff nach Lottes Hand. »Hast du das gehört?«, flüsterte er.

»Klar hab ich das gehört! Sie suchen uns!« Lotte jubelte. Sie strahlte über das ganze Gesicht. Ohne darüber nachzudenken, drehte sie sich zu Memoli und gab ihm einen Kuss. Und Memoli zog den Kopf nicht weg. Er sagte nicht »äh, bäh« und wich ihr nicht aus. Vom Kopf bis zu den Zehen rieselte Lotte das Glück durch den Körper.

Alle für eine

Auf einmal war es laut und trubelig. Wie eine Herde Elefanten trampelte es da durch den Wald. Taschenlampen blitzten auf. Helle Stimmen fluchten, kreischten und kicherten um die Wette.

»Hey! Nicht so schnell!«

»Leuchtet mal hierher! Ich seh gar nichts.«

»Huhuhu! Die Räuber kommen!«

»Nein, die Flipflops! Wir flippen, wir floppen, wir sind nicht zu stoppen!«

Dann waren sie da, alle drei: Fritzi, Hanan und Liev. Sie umzingelten Lotte und Memoli wie die Indianer auf dem Kriegspfad. Wie merkwürdig sie aussahen: Fritzi und Hanan hatten ihre Schlafanzüge an und Jacken darübergezogen; Liev trug einen Trainingsanzug.

»Was macht ihr denn hier?!«, jubelte Lotte und fiel Fritzi um den Hals.

»Na, was wohl? Wir holen euch ab. Aber was macht IHR noch hier mitten in der Nacht?«

»Erst sind wir vor den Wilden Wölfen weggelaufen, dann haben wir völlig die Zeit vergessen und dann haben wir uns verlaufen. Ich bin so froh, dass ihr da seid!«

Fritzi grinste verlegen. »Tut mir leid, dass ich vorhin so rumgepoltert hab wegen Memoli. Du warst auf einmal weg und dein Handy ging nicht mehr.«

»Der Akku war alle. Und Memoli hat sich den Fuß verknackst, wegen der Fallgrube. Und dann haben wir die Taschenlampe verloren und es war ganz dunkel. Und dann haben wir ganz laut gerufen. Und jetzt seid ihr da. Mann, bin ich erleichtert. Seid ihr denn nicht mehr böse auf mich?« Lotte sprudelte vor Freude wie ein Wasserfall.

Die drei Mädchen schüttelten einhellig die Köpfe. »Eine für alle, alle für eine«, sagte Hanan. »Fritzi hat uns angerufen und gesagt, dass du in Not bist.«

Lotte drehte sich zu Fritzi. »Und da seid ihr wirklich alle gekommen? Obwohl es schon so spät ist … und obwohl ich doch gar nicht mehr zur Bande gehöre?« Ihr kamen plötzlich wieder die Tränen.

Fritzi guckte fast ein bisschen böse. »Natürlich gehörst du noch zur Bande! Wir wissen, dass du unser

Quartier nicht verraten hast. Die Wölfe haben ja damit angegeben, dass sie Memoli heimlich von der Eisdiele aus verfolgt haben.«

Hanan stupste Lotte an. »War sowieso blöd von uns, dass wir dir nicht geglaubt haben.«

»Ja, Lotte … Entschuldigung.« Liev klang so, als ob sie auch gleich weinen würde.

»Ist schon gut, Liev.« Lotte wischte sich die Tränen ab, schniefte und zeigte dann grinsend auf die Schlafanzüge. »Habt ihr euch heimlich davongeschlichen?«

Hanan lachte. »Meine Mutter war schon sauer, dass Fritzi mich überhaupt so spät noch angerufen hat. Sie hätte mir nie im Leben erlaubt, jetzt noch rauszugehen. Ich hab mich verdrückt, während sie alle vorm Fernseher saßen.«

»Und ich bin einfach aus dem Fenster geklettert, als Fritzi mich auf dem Handy angerufen hat«, sagte Liev und es klang ziemlich stolz. Fast schien sie noch einen Zentimeter gewachsen zu sein.

Fritzi schimpfte mal wieder los. »Meine Mutter hat mich ins Bett geschickt, nachdem ich ihr erzählt hab, dass ihr immer noch im Wald seid. Sie hat deinen Eltern Bescheid gegeben und die haben sich gleich noch mal auf den Weg gemacht. Aber dann fiel mir ein, dass die doch den Hochsitz gar nicht kennen. Die finden euch doch nie und nimmer.« Fritzi schaute geradezu triumphierend in die Runde.

»Mannomann!« Lotte konnte es immer noch kaum glauben, die drei hier im Wald zu sehen. Liev hängte ihr ihre Jacke um die Schultern. »Du zitterst ja richtig, du Arme.«

Jetzt war ein Räuspern zu hören und endlich nahmen die Mädchen Memoli wahr, der die ganze Zeit abseits gestanden hatte. Fritzi leuchtete ihm ins Gesicht. »Hallo, Mohamed Ali«, griente sie. »Bist du nun eigentlich noch ein Wilder Wolf oder nicht?«

Memoli kniff die Augen zusammen, weil ihn das Licht blendete. Er zuckte die Schultern. Es war ihm anzusehen, dass er sich nicht gerade wohlfühlte inmitten all der Flipflop-Mädchen. »Sehe ich so aus?«, fragte er zurück.

»Das ist doch völlig wurscht«, sagte Lotte. »Er kann nicht mehr auftreten. Vielleicht muss er zum Arzt.«

»Dann begraben wir mal das Kriegsbeil … vorläufig«, meinte Fritzi. »Und wie kriegen wir dich jetzt nach Hause?«

»Ich kann ja noch humpeln«, antwortete Memoli. »Das schaffe ich auch allein. Ihr müsst mir nur eine Taschenlampe hierlassen.«

»So ein Blödsinn«, sagte Hanan. »Wir gehen alle zusammen. Du kannst dich bei Lotte und mir einhaken. Los jetzt! Mir ist kalt.«

Also zog die Karawane los. Fritzi ging voran und leuchtete den Weg aus. Dann kam Memoli mit Lotte und Hanan. Den Abschluss bildete Liev mit der zweiten Taschenlampe. Natürlich mussten Lotte und Memoli noch mal genau erzählen, was sie alles erlebt hatten. Vor allem die Sache mit der Fallgrube löste ein großes Gejohle der Flipflops aus.

»Das ist ja mordsgefährlich«, meinte Liev. »Wie viele Löcher haben die denn gegraben?«

»Weiß ich nicht«, murmelte Memoli, ohne hochzuschauen.

Bei all dem Geschwatze merkten sie gar nicht, dass sie schon in der Nähe der Straße angekommen waren, an der die Kita lag. Obwohl sich der Mond und die Sterne immer noch hinter den Wolken versteckten, hätten sie eigentlich die weiße Fahne auf dem Baumhaus sehen können. Aber alle fünf hatten ihre

Augen auf den Schein der Taschenlampen gerichtet. So sahen sie auch das Auto nicht, das am Straßenrand anhielt. Erst als der Mann in dem Wagen auf die Hupe drückte, hoben sie erschrocken die Köpfe.

Jede Menge Erklärungen

»Lotte, Lotte, da bist du ja!«

Ehe Lotte begriff, was für ein Auto da gehalten hatte, kniete ihr Vater auch schon neben ihr und schloss sie in die Arme. So schnell war er über den Graben am Straßenrand gesprungen und auf die Kinder zugestürzt, dass sie sein Gesicht nicht hatte sehen können. Aber seine Erleichterung und seine Liebe, die erkannte sie trotzdem. Er drückte sie fest an sich und dachte gar nicht daran, sie auszuschimpfen.

»Wir haben uns solche Sorgen gemacht, deine Mutter und ich«, murmelte er in ihre Haare hinein. »Weißt du eigentlich, wie spät es ist?«

»Ja, schon, Papa, ich weiß, es tut mir schrecklich leid. Aber das kommt, weil wir uns verlaufen haben und Memoli …« Lotte wollte die ganze Geschichte erklären, aber ihr Vater unterbrach sie. »Jetzt steigt erst mal ein. Du kannst mir unterwegs alles erzählen.«

»Können wir zuerst Memoli nach Hause bringen, Papa?«, fragte Lotte. »Sein Fuß tut ziemlich weh.«

»Natürlich, ich bringe euch alle vier heim.« Lottes Vater seufzte. Während sich die Mädchen auf die Rückbank quetschten und Memoli auf dem Beifahrersitz Platz nahm, holte Lottes Vater sein Handy aus der Tasche. »Ich habe sie gefunden, Karin«, sagte er. »Es ist alles in Ordnung. … Das wird sie uns sicher erklären können. … Bis gleich.«

Die nächste Viertelstunde war es ziemlich ruhig im Wagen. Lotte und Memoli waren viel zu müde und erschöpft, um zu reden. Lottes Vater war damit beschäftigt, alle Kinder dahin zu bringen, wo sie um diese Uhrzeit hingehörten. Zunächst hielten sie vor dem Mietshaus, in dem Memoli wohnte. Seine Mutter war schon in heller Aufregung, weil sie ihren Sohn bei sämtlichen Freunden und Verwandten vergeblich gesucht hatte.

»Mohamed Ali! Wo hast du denn gesteckt? Ich wollte gerade zur Polizei gehen!«, schimpfte sie und zog Memoli buchstäblich am Ohr in die Wohnung.

»Also, Tschüss dann. Bis morgen vielleicht …« Memoli konnte Lotte gerade noch zuwinken, bevor die Tür hinter ihm ins Schloss fiel.

Lotte schaute ihm nach, obwohl es nichts mehr zu

sehen gab. Oje, der arme Memoli. Hoffentlich überlebte er die Strafpredigt, die gerade auf ihn niederging.

Als Nächstes wurde Liev abgeliefert. Noch bevor Lottes Vater etwas sagen konnte, war sie schon aus dem Auto gestiegen, hatte »vielen Dank« gemurmelt und war durch den Vorgarten aufs Haus zugerannt. Zehn Sekunden später konnte man sehen, wie sie das Fenster zu ihrem Zimmer aufdrückte, sich auf den Sims schwang und hineinkletterte.

»Also so was!« Lottes Vater schüttelte den Kopf, während er weiterfuhr. Er drehte sich zu seiner Tochter um. »Was habt ihr denn da nur für ein Geheimtreffen veranstaltet?«

»Das war so eine Art Bandentreffen, Papa. Es war eine Notsituation, weißt du? Memoli und ich, wir haben uns im Räuberwald verlaufen. Und ihr wart ja nicht zu Hause, als ich angerufen hab.«

»Weil wir unterwegs waren, um dich zu suchen, Lotte! Fritzi hat uns erzählt, dass ihr im Wald unterwegs seid, und wir haben überall gesucht. Habt ihr uns denn nicht rufen gehört?«

Lotte schüttelte den Kopf. »Wir haben nur einmal was gehört, aber das war weit weg und wir dachten, das wäre ein Uhu.«

»Ein Uhu?«

Lotte sprach schnell weiter. »Na, jedenfalls hab

ich Fritzi angerufen, weil Memoli nicht mehr gehen konnte. Und dann ist die ganze Flipflop-Bande gekommen, um uns zu helfen.«

»Um *dir* zu helfen«, verbesserte Fritzi sie. »Memoli ist nämlich ein Wilder Wolf. Wegen dem wäre ich nicht extra aufgestanden.«

»Was ist er?« Lottes Vater guckte irritiert.

Jetzt war Lotte nicht mehr zu bremsen, das Ganze zu erzählen. Und so hörte sich ihr Vater, während er auch noch Hanan und Fritzi nach Hause brachte, die Geschichte vom Krieg zwischen den Flipflops und den Wilden Wölfen an. Immer noch schimpfte er kein bisschen mit Lotte. Er war sogar ziemlich schweigsam. Erst als Lotte und er allein im Auto saßen, fing er an zu reden. Und das wurde ein Gespräch, vor dem Lotte insgeheim schon seit Wochen Angst hatte. Denn eigentlich ahnte sie ja schon längst, was ihr Vater ihr zu sagen hatte.

Alles wird gut

Es fing damit an, dass Lotte von ihrem Kummer erzählte, weil sie aus der Bande geworfen worden war.

»Weißt du, Papa«, sagte sie. »Die Flipflops, das sind doch meine besten Freundinnen. Das ist so was wie ein Zuhause für mich.«

»In letzter Zeit bist du lieber mit deinen Freundinnen zusammen als mit uns, nicht wahr?«

Lotte versuchte, das Gesicht ihres Vaters zu erkennen. Irgendwie hatte Papa so geklungen, als ob er auf etwas Bestimmtes hinauswollte.

»Ja … manchmal schon«, antwortete sie zögernd. »Manchmal ist es bei uns zu Hause gar nicht schön.«

Lottes Vater nickte, als wüsste er genau, was Lotte gemeint hatte. »Du hast recht, Lotte«, sagte er. »Es ist nicht so, wie es sein sollte.« Er legte eine kleine Pause ein. »Und was ist mit Memoli?«, fragte er dann. »Mit dem bist du auch gerne zusammen, oder?«

»Ja! Ich hab ihn sehr gerne, obwohl er ein Junge ist. Und ein Wilder Wolf.«

»So ist das mit den Gefühlen. Die sind einfach da, auch wenn alle anderen dagegen sind.« Lotte sah, wie ihr Vater lächelte, aber es war kein wirkliches Lächeln. Das spürte sie, auch wenn sie nur seine Augen im Rückspiegel sehen konnte.

»Was ist denn los, Papa? Warum bist du so traurig?« Lottes Stimme klang ganz klein und ihr Herz fing heftig an zu klopfen.

»Ach, mein Mädchen. Es fällt mir so schwer, dir das zu sagen. Aber Mama und ich, wir verstehen uns in letzter Zeit nicht mehr so gut. Das hast du ja gemerkt, Lotte. Wir haben uns doch nur noch gestritten.«

Lottes Kehle wurde eng und sie tat einen tiefen Seufzer. Sie presste sich die Hände auf die Ohren. Nein, das wollte sie nicht hören. Papa sollte nicht weiterreden. Doch dann sah sie seine Augen und all das Unglück darin, und sie wusste, dass sie ihm zuhören musste.

»Mama und ich, wir werden uns trennen, Lotte … Ich hab mich in eine andere Frau verliebt.«

Ganz kalt wurde es Lotte auf einmal, so als wären es minus zehn Grad im Auto. Sie schlang die Arme um den Körper.

»Ich hab dagegen angekämpft«, hörte sie ihren Vater sagen. »Viele Monate lang. Ich wollte doch Mama nicht verletzen. Aber es ging nicht. Meine Gefühle haben sich nicht zwingen lassen, verstehst du?«

»Ja«, flüsterte Lotte. »Und jetzt? Was passiert jetzt?«

»Ich werde mir eine Wohnung suchen, irgendwo in der Nähe. Und da kriegst du dann ein eigenes Zimmer und du wirst ganz oft bei mir sein. Du kannst immer zu mir kommen, Lottchen. Immer!«

»Dann hab ich also zwei Zuhause?«

»Ja, das wirst du dann haben.« Lottes Vater trat auf die Bremse und hielt am Straßenrand an. Er löste den Anschnallgurt und drehte sich zu Lotte um, um ihr in die Augen zu schauen. »Lotte«, sagte er und nahm ihre beiden Hände fest in seine. »Mama und ich, wir sind deine Eltern und wir lieben dich alle beide. Und das wird sich nie ändern!«

»Doch!«, sagte Lotte. »Alles wird sich ändern.«

»Nein, nicht alles. Vieles wird anders werden und sicher wird das nicht immer leicht sein. Aber ich bin und bleibe dein Papa. Und ich möchte ein besserer Papa sein, als ich es in den letzten Wochen gewesen bin. Da war ich ja nur mit mir selbst beschäftigt. Das tut mir sehr leid, Lotte. Ich verspreche dir, dass das von jetzt an anders sein wird.«

Lotte schluckte, aber die Tränen ließen sich nicht aufhalten. Sie liefen ihr übers Gesicht. Auch als ihr Vater ein Taschentuch nahm und sie abtupfte, kamen immer neue.

»Alles wird gut, meine Lotte, ganz bestimmt. Das braucht nur etwas Zeit.«

Lotte legte ihre Arme um den Hals ihres Vaters und er drückte sie fest an sich. »Alles wird gut«, hörte sie ihn murmeln, »alles wird gut.« Es klang wie eine Zauberformel. Als sie ihn losließ, sah sie, dass auch er Tränen in den Augen hatte.

»So«, sagte er und drehte sich wieder zum Lenkrad. »Jetzt müssen wir aber wirklich nach Hause. Mama wartet sicher schon ganz ungeduldig auf dich. Und es kann sein, dass es noch ein Donnerwetter geben wird.«

Lotte schniefte. »Macht nichts«, sagte sie tapfer. »Alles wird gut!«

Abschiede

Mit dem Donnerwetter hatte Papa unrecht gehabt. Als Mama Lotte die Tür geöffnet hatte, war alles friedlich geblieben. Statt zu schimpfen, hatte Mama sie nur stumm in die Arme genommen und ganz fest gehalten. Dann hatte Mama ihr noch eine Kartoffelsuppe warm gemacht, über der Lotte vor Müdigkeit fast eingeschlafen war. Selbst das Würstchen hatte sie nicht mehr geschafft. Danach hatten alle beide, Mama und Papa, sie gemeinsam ins Bett gebracht.

Fast hätte man denken können, dass jetzt schon alles gut gewesen wäre. Aber das war es ganz und gar nicht. Nicht an diesem Abend und auch nicht in den nächsten Tagen. Papa bereitete seinen Auszug vor und das war für alle drei eine schwere Zeit. In der Küche lag die Zeitung herum, in der er Wohnungs-

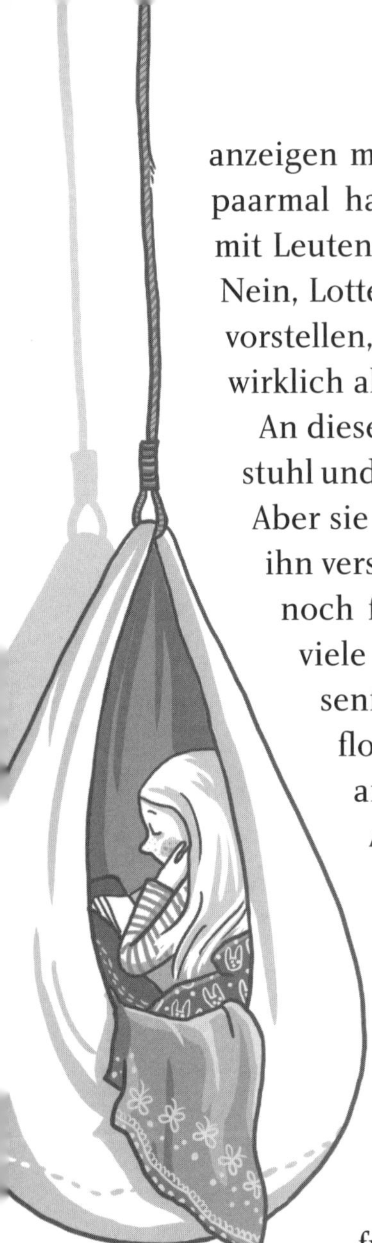

anzeigen mit dem Kuli umkringelt hatte. Und ein paarmal hatte Lotte schon mit angehört, wie er mit Leuten telefonierte, die Wohnungen anboten. Nein, Lotte konnte sich beim besten Willen nicht vorstellen, dass im Leben irgendwann mal wieder wirklich alles gut sein würde.

An diesem Nachmittag saß sie in ihrem Hängestuhl und versuchte, sich in ihr Buch zu vertiefen. Aber sie musste jeden Satz dreimal lesen, bis sie ihn verstand. Ihr Kopf war so voll, dass da nicht noch fremde Geschichten hineinpassten. So viele Abschiede! Erst das vermurkste Klassenfest und dann noch das Ende der Flipflop-Bande und der Wilden Wölfe. Gleich am Montag nach ihrem nächtlichen Abenteuer hatten sie in der Kita Winfried schwören müssen, dass mit dem Bandenleben ein für alle Mal Schluss sein würde.

Winfried hatte die acht Kinder zu sich gerufen. »Lotte, deine Eltern haben mir erzählt, was passiert ist«, hatte er gesagt und Lotte hatte einen knallroten Kopf gekriegt. Doch Winfried hatte gleich weitergesprochen und sich an Memoli gewandt. »Und von deiner Mutter habe ich gehört, dass es im Wald einige Löcher gibt, die da nicht hingehören.« Dann hatte er in die Runde geschaut. »Also, was ist? Holt euch Schaufeln aus dem Schuppen und los geht es!«

»Wir auch?« Die Flipflop-Mädchen hatten empört geschaut. »Das waren wir doch gar nicht. Das waren die Wölfe.«

Da hatte Winfried so grimmig geguckt, wie sie es in all den Jahren nicht erlebt hatten. »Schluss jetzt!«, hatte er gesagt. »Hier auf der Stelle werden sämtliche Hortkinderbanden aufgelöst. Ist das klar?«

Da hatte niemand zu widersprechen gewagt, die Flipflops nicht und auch nicht die Wilden Wölfe. Gemeinsam waren sie in den Wald marschiert und hatten die Löcher zugeschaufelt. Zum Schluss hatte Winfried aus seinem Rucksack eine Picknickdecke, Kekse und Saft geholt und sie hatten auf das Ende aller Feindschaften anstoßen müssen. Irgendwie war Lotte traurig und erleichtert zugleich gewesen.

Lotte musste kichern, was ein bisschen merkwürdig ist, wenn man ganz allein ist und niemand das Kichern hört. Fritzi hatte natürlich nicht einfach so aufhören können. Sie hatte den Wölfen heimlich Erde in die Saftbecher gestreut, bevor sie miteinander anstießen. Die Wölfe hatten prustend auf die Wolldecke gespuckt.

»Das ist eine klitzekleine Rache für die Würstchen«, hatte Fritzi gesagt.

»Waren doch gar nicht deine Würstchen«, hatte Erkan gemurmelt. Winfried hatte mit den Augen gerollt und den Wölfen frischen Saft eingeschenkt. Dann hatten sie noch mal angestoßen und auf einmal war wirklich Friede zwischen ihnen gewesen. Lotte hatte sogar neben Anna-Lena gesessen. Die konnte ja ihre Freundschaft mit Memoli sowieso nicht kaputt kriegen – das hatte ja nicht mal die gute alte Fritzi geschafft.

Lotte klappte ihr Buch zu und wischte sich mit dem Ärmel über das Gesicht. Komisch, dass man kichern und trotzdem weinen kann. Irgendwie war gerade alles auf den Kopf gestellt.

Da klingelte es an der Tür. Wieder einmal saßen Mama und Papa an ihren Schreibtischen und riefen durch die geschlossenen Zimmertüren: »Gehst du mal, Lotte?« Aber heute war es nicht Memoli, sondern Fritzi, die da auf der Fußmatte stand.

»Hast du Schnupfen?«, fragte sie zur Begrüßung, weil Lotte geräuschvoll durch die Nase schniefte.

»Nee!« Lotte fiel ihr um den Hals. Ach, war das gut, dass ihre allerbeste Freundin zu Besuch kam.

»Dann nichts wie los«, sagte Fritzi. »Wir haben noch was zu tun. Hanan und Liev sind schon unterwegs.«

»Wohin denn?«

Fritzi grinste. »Na, wohin wohl? In den Räuberwald zu unserem Hauptquartier. Das müssen wir doch noch ordnungsgemäß auflösen.«

Lotte überlegte eine Sekunde, dann drehte sie sich zum Flur. »Mama! Papa! Ich gehe noch mal mit Fritzi raus!«

Die beiden Zimmertüren gingen gleichzeitig auf und Mama und Papa winkten ihr zu.

»Zum Abendessen bist du wieder da, mein Schatz. Sei bitte pünktlich«, sagte Mama.

»Und hast du geguckt, ob dein Handy funktioniert?«, fragte Papa.

»Alles in Ordnung!«, rief Lotte und dann klappte auch schon die Wohnungstür hinter ihr zu.

Eine für alle

Sie rannten durch den Wald. Lotte, Fritzi, Hanan und Liev, die ehemaligen Flipflop-Mädchen. Wieder war es ein himmlisch warmer Tag, der bereits nach Sommerferien roch. In ein paar Tagen schon würde Lotte neben Fritzi am Timmendorfer Strand herumlaufen, denn in diesem Jahr durfte sie mit Fritzi und ihrer Mutter in Urlaub fahren. Sie hatten sich sogar schon die gleichen Badeanzüge gekauft. Blaue mit weißen Streifen.

Außer Atem kamen sie beim Hochsitz an und kletterten eine nach der anderen das Seil hoch.

»Jetzt wird aufgeräumt«, befahl Fritzi. Schon pfefferte sie das erste Kissen über die Holzfassade.

Es dauerte nicht lange, dann hatten sie alle Kissen und Decken aus dem Hochsitz geworfen.

»Was machen wir mit den Süßigkeiten?«, fragte Liev.

»Aufessen natürlich«, meinte Hanan. »Allzu viel haben Lotte und Memoli eh nicht übrig gelassen.«

Während sie noch die letzten Bonbons lutschten, holte Liev die kleine Schatzkiste hervor und öffnete sie. Sie nahm den dünnen, aus vier Haarsträhnen geflochtenen Zopf und den Zettel mit den goldenen Regeln heraus. Die Mädchen betrachteten ihre Schätze wortlos. Keine schien so recht zu wissen, was daraus werden sollte.

»Ich weiß, was wir damit machen«, sagte Lotte schließlich. »Wir vergraben alles.«

»Ja«, stimmte Hanan zu. »Wie bei einer Beerdigung.«

Und so geschah es: Ein letztes Mal kletterten die Mädchen am Seil hinunter. Dann schleuderten sie es mit Schwung zurück auf den Hochsitz, sodass ihr ehemaliges Hauptquartier von nun an nicht mehr zu erreichen war. Weil sie keine Schaufeln hatten, buddelten sie mit den Händen ein tiefes Loch in den Waldboden neben dem Hochsitz. Feierlich legten sie den Zopf und die Urkunde hinein, warfen ein paar Waldblümchen hinterher und schaufelten die Erde wieder zurück. So gut sie konnten, trampelten sie den Boden fest.

»Verehrte Anwesende! Dies ist das endgültige Ende der berühmten Flipflop-Bande. Wir werden sie nie vergessen«, sagte Fritzi mit tiefer Stimme und ernstem Gesicht.

Lotte schluckte. Eigentlich konnte sie solche Feiern im Moment nicht so gut ab. Doch die Zeremonie war auch schon vorbei. Denn jetzt hielt Fritzi die leere Schatzkiste hoch und grinste in die Runde.

»Und hier hinein kommt die Urkunde für unsere nächste Bande!«, sagte sie.

»Welche Bande?«, fragten Lotte, Liev und Hanan im Chor.

»Natürlich die, die wir auf der neuen Schule gründen werden.« Fritzi reckte selbstbewusst ihre Som-

mersprossennase. »Und dein heiß geliebter Memoli kann dann von mir aus auch mitmachen.«

Lotte wurde rot. Manno, diese Fritzi! Sie gab ihr einen Knuff mit dem Ellenbogen und Fritzi boxte zurück.

»Erst mal sind sechs Wochen Sommerferien«, sagte Lotte. »Das ist eine Ewigkeit. Und was dann kommt, das kann man eh nicht wissen.« Sie klappte die offene Schatzkiste zu. »Ich finde, wir sollten jetzt erst mal Eis essen gehen. Papa hat mir Feriengeld gegeben, ich lade euch ein.«

»Uns alle?«

Da lachte Lotte. »Klar! Alle für eine und eine für alle! Das gilt noch immer.«

Und dann rannten sie gemeinsam durch den Räuberwald. Lotte hatte wie Hanan die Flipflops in die Hand genommen und lief barfuß über die Lichtung. Es war schön, den warmen Waldboden unter den Füßen zu spüren. Und es war wunderbar, Freundinnen zu haben, ganz egal, ob mit oder ohne Bande.